戲曲故事・看古人扮戲

張曉風・編撰

中國歷代經典寶庫

17

出版的話

時報文化出版的《中國歷代經典寶庫》已經陪大家走過三十多個年頭。無論是早期的紅底燙金精裝「典藏版」，還是50開大的「袖珍版」口袋書，或是25開的平裝「普及版」，都深得各層級讀者的喜愛，多年來不斷再版、複印、流傳。寶庫裡的典籍，也在時代的巨變洪流之中，擎著明燈，屹立不搖，引領莘莘學子走進經典殿堂。

這套經典寶庫能夠誕生，必須感謝許多幕後英雄。尤其是推手之一的高信疆先生，他秉持為中華文化傳承，為古代經典賦予新時代精神的使命，邀請五、六十位專家學者共同完成這套鉅作。二〇〇九年，高先生不幸辭世，今日重讀他的論述，仍讓人深深感受到他對中華文化的熱愛，以及他殷殷切切，不殫編務繁瑣而規劃的宏偉藍圖。他特別強調：

中國文化的基調，是傾向於人間的；是關心人生，參與人生，反映人生的。我們的聖賢才智，歷代著述，大多圍繞著一個主題：治亂興廢與世道人心。無論是春秋戰國的諸子哲學，漢魏各家的傳經事業，韓柳歐蘇的道德文章，程朱陸王的心性義理；無論是貴族屈原的憂患獨歎，樵夫惠能的頓悟眾生；無論是先民傳唱的詩歌、戲曲，村里講談的平話、小說……等等種種，隨時都洋溢著那樣強烈的平民性格、鄉土芬芳，以及它那無所不備的人倫大愛；一種對平凡事物的尊敬，對社會家國的情懷，對蒼生萬有的期待，激盪交融，相互輝耀，繽紛燦爛的造成了中國。平易近人、博大久遠的中國。

可是，生為這一個文化傳承者的現代中國人，對於這樣一個親民愛人、胸懷天下的文明，這樣一個塑造了我們、呵護了我們幾千年的文化母體，可有多少認識？多少理解？又有多少接觸的機會，把握的可能呢？

參與這套書的編撰者多達五、六十位專家學者，大家當年都是滿懷理想與抱負的有志之士，他們努力將經典活潑化、趣味化、生活化、平民化，為的就是讓更多的青年能夠了解繽紛燦爛的中國文化。過去三十多年的歲月裡，大多數的參與者都還在文化界或學術領域發光發熱，許多學者更是當今獨當一面的俊彥。

三十年後，《中國歷代經典寶庫》也進入數位化的時代。我們重新掃描原著，針對時代需求與讀者喜好進行大幅度修訂與編排。在張水金先生的協助之下，我們就原來的六十多冊書種，精挑出最具代表性的四十種，並增編《大學中庸》和《易經》，使寶庫的體系更加完整。這四十二種經典涵蓋經史子集，並以文學與經史兩大類別和朝代為經緯編綴而成，進一步貫穿我國歷史文化發展的脈絡。在出版順序上，首先推出文學類的典籍，依序有詩詞、奇幻、小說、傳奇、戲曲等。這類文學作品相對簡單，有趣易讀，適合做為一般讀者（特別是青少年）的入門書；接著推出四書五經、諸子百家、史書、佛學等等，引導讀者進入經典殿堂。

在體例上也力求統整，尤其針對詩詞類做全新的整編。古詩詞裡有許多古代用語，需用現代語言翻譯，我們特別將原詩詞和語譯排列成上下欄，便於迅速掌握全詩的意旨；並在生難字詞旁邊加上國語注音，讓讀者在朗讀中體會古詩詞之美。目前全世界風行華語學習，為了讓經典寶庫躍上國際舞台，我們更在國語注音下面加入漢語拼音，希望有華語處，就有經典寶庫的蹤影。

《中國歷代經典寶庫》從一個構想開始，已然開花、結果。在傳承的同時，我們也順應時代潮流做了修訂與創新，讓現代與傳統永遠相互輝映。

時報出版編輯部

【導讀】

字裡行間看古人扮戲

張曉風

戲劇的本質是一種朝生暮死「蜉蝣式」的藝術，它的「失傳率」是非常可怕的，現在坊間所能搜求到的戲劇資料，算來至多保留當日盛況的十之二三，向來研究中國古典戲劇的人，面對這些不完整的資料（例如坐元代劇作家第一把交椅的關漢卿，其《孟良盜骨》一劇竟散失得只剩下二句唱詞了），無不扼腕嘆息。但在我現在著手改寫的這本書中，所感到的困難卻剛剛相反，要從堆起來比一人還高的劇本裡，選出幾十本來擠進這樣小小的一本十一萬字的書中，實在是令人著急的。如果我把每部戲劇寫成「電影說明書」式的簡略，也許可以多介紹幾本，但那樣又會顯得了無趣味，我不能那樣做。

當我把這些幾百年來由於不知名的藝人「衝州撞府」，去唱給「張家村」、「李家莊」的民眾的故事一一轉手給讀者，我心中暗暗地藏滿了「竊得寶物」的狂喜。

在完成這些改寫之後，不知道我把故事說得精彩不精彩？但是，不管讀者「意猶未盡」或「心有不甘」，都希望讀者能找到原著再來細賞一番。

以下是改寫的體例說明：

一、所謂中國古典戲劇，應該怎樣來界分呢？本書依從王國維先生的看法，認為時間上中國劇應該自元代算起。而就地理而言，各地的「地方劇」固然有其表演上的特色，但本書既然是形諸文字的，自以它的文學成就為取捨，事實上崑曲、平劇不都是以地方戲起家嗎？

二、本書所包括的時間總約七八百年，所包括的戲劇類型約略分為五種：

1.諸宮調：所列劇本為金代董解元的《西廂》（這也是現存唯一完整的諸宮調），嚴格的說，這齣又名為《絃索西廂》、《搊彈西廂》的作品也許不能稱之為劇本，它是介於「說唱文學」和「舞臺表演」之間的產物，但自來行家對它有極高的評價，它也是後世許多本《西廂記》的藍本。

2.元雜劇：包括的劇本如下：《竇娥冤》、《救風塵》、《漢宮秋》、《倩女離魂》、《牆頭馬上》、《梧桐雨》、《東堂老》、《蝴蝶夢》、《貨郎旦》、《趙氏孤兒》、《陳州糶（ㄊㄧㄠˋ tiào）米》、《桃花女》、《來生債》、《張生煮海》、《藍采和》、《灰闌記》、《度柳翠》。

3.傳奇：包括的劇本如下：《荊釵記》、《白兔記》、《拜月亭》（又名《幽閨記》）、《殺狗記》、《琵琶記》、《桃花扇》、《牡丹亭》。

4.平劇：平劇劇本許多是跨越清末民初的，像一切的民間藝術一樣，它是一邊演，一邊增減而終以集體智慧完成的，但在本書中卻籠統的註明「清．佚名」，包括的劇本有：《九更天》、《王寶釧》（原名《紅鬃烈馬》）。

5.特殊劇：本書中的《中山狼》屬之，歷來曲家對這種既不以「四折」分亦不以「四五十齣」分的結構，頗不以為然，它是元雜劇「或增為七八段落」或減為「一個段落」後的變體。但以今日觀點視之，則一折戲等於「獨幕劇」。徐文長的《漁陽三弄》也是這種結構，這類作品不常見，但也很值得重視。

三、在這本書裡，大部分的作品都改寫自元代的雜劇，這一方面可以解釋為我個人的偏好，另一方面在實際的改寫工作上，元雜劇的結構（元劇一般分四折，跟西方劇場的「幕」差不多）剛剛好適於一個故事的長度。明傳奇則太長（一般分四五十齣，需要連續兩三晚才能演完），在改寫上如忠於原著會太繁，如果刪節太多又精神全失。

四、平劇在本書中所占分量也極少，這也緣於三項原因，第一，由於政治和社會的變遷，它方才出於草莽，入於宮廷，眼見有文人要來鼎力相助的時候，整個北京的滿清政權卻崩潰了，京戲也就漸失依託。社會形態的急遽變化，也使它變成一項「被保護的藝術」，因此，它的表演藝術固然有它承襲自傳統的優良水準，編劇卻一直不是很高明的。

在元雜劇時代有所謂劇作家「關（關漢卿）、馬（馬致遠）、鄭（鄭光祖）、白（白樸）」，明傳奇時代亦分「崇文辭」的湯顯祖和「尚音律」的沈璟。即使清代的傳奇，也以「南洪（洪昇）北孔（孔尚任）」聞名。但平劇藝術，幾乎從來不聞劇作家之名，慣常聽到的四大名旦，四小名旦（重點在演員）或梅派、程派（重點在唱腔之響亮或幽咽），平劇的劇本比之雜劇傳奇是遜色太多了。第二，由於平劇發生得晚，它的許多劇本是由前朝劇本改寫而來，例如《六月雪》改寫自雜劇《竇娥冤》，《烏盆計》改寫自雜劇《盆兒鬼》，《白蛇傳》改寫自傳奇《義妖記》。第三，平劇有許多既出名又討好的戲，如《霸王別姬》、《貴妃醉酒》、《五花洞》，其重點卻完全在舞劍和身段的表演，《花子拾金》則模仿各派唱腔而造成的諷刺式趣味，《金山寺》則在於蝦兵蟹將的那番打鬥熱鬧——凡此種種，根本無法形諸文字。

五、另外有很多就戲劇而言是好劇本的作品，但我並沒有放入。像洪昇的《長生殿》和白樸的《梧桐雨》，因其基本故事是重複的，我用了《梧桐雨》便捨了《長生殿》。《西廂記》幾乎每個朝代的戲劇型式都不會忘記它，但此處我只採用最早的董解（ㄐㄧㄝˋ jiè）元以「諸宮調」方式所寫的《西廂》。至於戲劇中有許多取材自唐人傳奇的，如《柳毅傳書》，《繡襦記》，讓給「小說部分」的作者去寫了；有些取材自《三國演義》或《水滸傳》

的，也盡量避開不用。

六、我改寫的原則是盡量忠實於原著，其中有些雖然覺得作者的安排不合理，也不予更改。例如歷史劇中，把安史之亂解釋成三角戀愛很荒謬。釋道劇中的迷信色彩未必可信（如謂某人係天神投胎）。包公戲的法律觀念（《救風塵》和《貨郎旦》雖非包公戲，亦有此問題，本書中避開未談），絕對跟現代的不相合。《九更天》中的道德有其過分的地方；《梧桐雨》中的荔枝竟是秋天的果實；《漢宮秋》裡把一條黑龍江從東北搬到了西域。而《趙氏孤兒》中的那位屠岸賈訓練惡犬的方法，居然是「視覺式」的而不是「嗅覺式」的，使我們不覺失笑（養狗的常識告訴我們，狗完全憑嗅覺識人，牠在視覺方面是很低能的）。凡此種種，我都沒有去「改正」。請不要用現代觀念，去批評王寶釧故事中的重婚事件，把欣賞重點放在寒窯中苦忍十八年的王三姐身上吧，想一想對我們而言，這女子描述了多少「中國性格」。

也有一些片段在原劇中不是重點，而我卻稍稍多加兩筆去描述的，如《梧桐雨》中的「乞巧」場面，《琵琶記》裡的結婚儀式，這些，都是由於我對那消失中的民俗的一點依戀。

七、我對整個故事完全不加主觀的剪裁和處理嗎？也不是的，《灰闌記》原來是「包公奇情案」，但我卻強調了一個從良的娼妓的母性尊嚴。《藍采和》原是道教的「度脫劇」，我卻更強調舞臺上悲歡離合的永恆情節，它使一個立即要成道的人也忍不住要停下來，戀戀地聽著鑼鼓的節奏。

八、至於目錄表裡的分類法，完全是為了方便，並沒有絕對的權威性。元劇雖以關、馬、鄭、白最享盛名，但也有人更欣賞王實甫，南戲以荊（《荊釵記》）、劉（劉知遠《白兔記》）、拜（《拜月亭》，亦名《幽閨記》）、殺（《殺狗記》）聞名，但很多人認為《琵琶記》顯然比這四本好多了。此外我將《灰闌記》歸入唱妓類，其實它也可以屬於包公戲。我將《趙氏孤兒》劃入報恩報仇劇，其實它也是歷史劇。《牆頭馬上》被歸入強女人的戲，可是它也是家庭劇。《度柳翠》一戲也可以被看作釋道劇。一個好劇本正像一個完整的生命，是不容輕易被割切分類的，只是為了方便初接觸古典戲劇的讀者而已。

九、元雜劇時代有個奇怪的傳統，男僕或聽差，幾乎一律叫張千，而梅香則幾乎是一切丫頭的「法定名字」，讀者如果偶然發現僕婢名字雷同，不要以為是誤排。

本書所根據的主要選本如下：

1. 世界書局　《全元雜劇》初編、二編、三編、外編
2. 開明書局　六十種曲
3. 黎明文化出版　《國劇大成》十五冊

但對一般讀者，我建議買較便宜簡便的下列一本或二本即可。

1.世界書局、西南書局《元雜劇選注》
2.正文書局《元曲選》

戲曲故事◆看古人扮戲

目次

一、元曲四大家及其代表作品

竇娥冤

救風塵

漢宮秋

倩女離魂

梧桐雨

竇娥冤

元・關漢卿

作者關漢卿，號己齋叟，大都人，曾官至「太醫院尹」。根據習慣，含有「卿」字的往往是文人的字號而非本名，我們推測他的本名似乎已經淹沒。「大都」是今日之北京。他的作品極多，但佚失也極多，六十四本中現存的只有十四本。他對劇場生活甚感興趣，自己有時也粉墨登場客串一番，所以他的劇本比之純文人的作品，更多考慮到表演因素和舞台效果。

當代的文人把他看作最優秀的作家，他最出名的作品除本書所選的三本以外，尚有《調風月》、《謝天香》、《切膾旦》、《玉鏡台》等，對女性角色之刻劃甚為細膩。除戲曲外，他的散曲也寫得清麗俏皮，可參閱中華書局任中敏所輯《散曲叢刊》。

後世傳奇之《金鎖記》與平劇《六月雪》，皆據此《竇娥冤》之情節而改編。

端雲的小手被握在父親的大手裡，微微地輕顫著，他們一同往蔡婆婆家走去，那一年，她七歲。

爸爸幾天來反覆說的話她都懂：媽媽四年前死了，爸爸帶著她很困難，爸爸是讀書人，沒有錢。上次向寡婦蔡婆婆借的二十兩銀子，現在該還四十兩，不，爸爸沒有算錯，這叫複利。爸爸沒有錢還，剛好蔡婆婆說她有個八歲的小男孩，不如讓端雲去當她的童養媳婦……而爸爸既是讀書人，讀書人本來就是要去應考的，帶著小孩也不方便，放在蔡婆婆那裡，倒兩全其美……

爸爸的話她都懂，她本來就是懂事的小孩，可是，當父親鬆手而走的時候，她還是忍不住哭了起來。

唯一安慰的是，她聽到蔡婆婆說，四十兩銀子不必還了，她甚至還送了十兩銀子給父親做去應考的路費。

端雲二十歲了，她到蔡家以後被改了名字叫竇娥。十七歲和丈夫成親，才一年，丈夫就死了，婆媳成了兩代寡婦，仍然靠放債度日。他們搬過一次家，從楚州城搬到山陽縣。

這一天，蔡婆婆到街上去討一位盧大夫的錢，他開著一家生藥鋪，外號叫「賽盧醫」。

「哎呀，我手上一時不方便，再過兩天嘛！」

「不要這樣，上次你就這樣說的，我寡婦人家，禁不起你這樣拖欠啊！」

「跟妳說我手上不方便，妳一定要就跟我到莊子上去拿。」

蔡婆婆緊跟著他，一雙小腳顧不得累，想到二十兩銀子可以收回來，心裡一塊石頭總算落了地。

路愈走愈遠，四下不見人煙，蔡婆婆迷惑起來：

「還要走多久才拿得到錢啊？」

「嘿嘿！」賽盧醫拉下臉，回身把一個繩套猛地往蔡婆婆頭上一套，沒想到這老太婆這麼不濟事，咕咚一倒，竟什麼都解決了，「妳去跟閻王爺討那二十兩銀子吧！」

可是，就有這麼巧，一對父子模樣的趕路人竟走過來了。

「爹，好像有人在殺人呢！」做兒子的眼尖。

「驢兒，你說什麼？」那老頭吃了一驚。

賽盧醫急得手腳發軟，慌忙捂了臉，匆匆地跑了。好在那一對父子也沒有追上來，他們急著去看那婆婆的情形，不過，賽盧醫心裡嘀咕起來，要是以後運氣不好碰上了，那小子顯然是記得住的。

「唉，作孽啊，怎麼回事？」那老頭嘆著氣。

「呃……呃……」蔡婆婆忽然有了一點聲息。

「哎呀，沒死呀，爹，這婆子命大，又有氣了！」

「婆子，妳別急，到底怎麼回事？妳慢慢講。」老頭說：「我們姓張，也是偶然路過，算妳命不該絕，那壞蛋見到我們就嚇跑了。」

「唉，我命苦啊！」蔡婆婆想起來，忍不住大哭。一面不管別人聽不聽，口裡絮絮的，說個沒完，「我年輕輕就死了丈夫，孤兒寡母，有的出沒的進，又沒法拋頭露面做生意，只好放利息過日子。好容易把兒子盼大了，娶了媳婦，沒想到兒子又死了，家裡兩個寡婦全靠這點利錢。這賽盧醫這麼沒有天良，欠我的銀子不還，居然騙我到這荒郊野外來想勒死我，要不是碰到你們，我現在哪裡有命啊！」

她說著又大哭一場。

「咦，爹，」張驢兒把父親拉到一旁，眼睛骨伶一轉，「你聽，這真是天作之合啊，她們婆媳都守寡，不如你收了這婆婆，我要了她媳婦，多麼兩便的事啊，何況這婆婆本來就該大謝我們一番的。」

「什麼？」蔡婆婆也聽見了，「你們怎麼知道我有個守寡的媳婦？——這是不行的啊，要謝，等我回家拿錢來謝好了！」

「哼，我們才不稀罕錢，」張驢兒惡狠狠地靠近她，「答不答應隨便妳——不過，妳看，剛才的繩子還在，再勒一次很方便呢！」

蔡婆婆發抖了，死亡的經驗太驚恐，她不敢再來第二次。

「好吧，你們跟我來。」

可是，把這兩個人帶回家算什麼呢？算了，到時候再說吧，眼下且先撿了命再說。

「娘，您怎麼討點銀子這麼晚才回來？」竇娥開了門，「吃了飯沒有？」

「我……我……」

竇娥這才看清楚婆婆頭髮散亂，一臉都是眼淚鼻涕。她抽抽咽咽地把經過說了出來。

「什麼？什麼？」竇娥簡直不相信自己的耳朵：「娘，您帶回兩個男人？您這滿頭白髮難道要蒙上紅羅帕去拜堂嗎？」

「我不想要，可是我怕他們勒死我啊！」

「娘，您要嫁自己嫁，我不想嫁。」

「誰要嫁，」蔡婆婆真是個毫無主張的人，「這樣好了，我們先用好酒好飯養著他們好了。」

竇娥暗暗叫苦，怎麼辦？做媳婦的不能反抗婆婆，但誰聽過一對寡女養著一對孤男會有好結果的？

「哎喲，」張驢兒一進門就盯著竇娥不放，「這小媳婦長得不賴，嫁給我吧，妳看我這嘴臉也配得過妳了！」

「滾開！」竇娥死命一推，張驢兒跌在地上。

「走著瞧！」張驢兒爬起來，「妳逃不了的，妳遲早是我老婆！」

「我要買包毒藥！」張驢兒來到生藥鋪門口。

「胡說，誰敢賣毒藥？查出來還得了！」賣藥的人不理他。

「咦，老哥記性不好，我們是見過面的好朋友呀！前幾天，荒郊野外——」

賽盧醫抬起頭來，嚇得半死。

「要不要我叫出來，讓來往的街上人聽聽？」

「不，不，我有毒藥，你拿去吧！」

張驢兒拿了毒藥，走了，他要等待機會下手。

賽盧醫想來想去，決定關上店門，悄悄地逃到別州去了。

機會來了，蔡婆婆生了病，躺在床上，吃不下飯，想喝一點羊肚湯，竇娥跑前跑後忙著張羅。

張驢兒把毒藥藏在袖子裡，他想好了，只要婆婆一死，竇娥無依無靠，舉目無親，下手行事就方便多了。

「我先來嘗嘗這湯。」張驢兒裝得一副很關切病情的樣子，「嗯，有點腥，再加點鹽跟醋比較好。」

竇娥回身到廚房去拿，張驢兒趕快放下毒藥，等竇娥回來，他為了避嫌，抽身溜走了。

「娘，湯好了，您嘗一口。」

「竇娥，我不要吃，我忽然覺得噁心、想吐。」

「趁熱吃一口嘛。」張老頭在一旁勸，「很好的羊肚湯呢！」

「你吃得下你就吃吧！我吃不下去。」

張老頭喝了湯，忽然頭昏昏的，不一會兒就倒了下去，莫名其妙地死了。

張驢兒回到家，一看，死的居然不是蔡婆婆而是自己的父親，喪盡天良的他不但不痛悔，反而眉頭一皺又生一計。

「竇娥，妳藥死了我老子，我不和妳干休！」

「誰藥死你老子？我婦道人家大門不出二門不邁，我哪來的毒藥，分明是你想藥死我娘，才支使我去拿鹽醋，你好下藥！」

「妳的鬼話誰信？總沒聽說過兒子藥老子的事吧？」

「你要怎麼樣？」

「妳嫁給我，我們把爹抬去埋了，萬事皆休；妳不嫁我，我把妳告到官裡，官吏把妳三推六問，打得妳招也招，不招也招，最後送妳上法場！」

「孩子，」蔡婆婆聽得手腳發軟，「妳就嫁了他吧！」

「不行，」竇娥很堅決，「青天白日，我沒殺人，怕什麼，我跟他見官去！」

但官場的黑暗豈是婦道人家如竇娥所能知道的，官廳裡上上下下收了張驢兒的錢，把她打得皮破血流，逼她招供。她被打得昏倒，有人用冷水澆她，她醒來，再挨打，再昏倒，再澆水……

朗朗青天，為什麼偏有太陽照不到的死角？

她下定決心，讓他們打死好了，絕對不招！

「好，既然這妮子不承認，」狡猾的太守宣布，「可能是她婆婆幹的，把那婆子帶上來打。」

打手立刻圍到婆婆身邊去了，那令人心驚的大杖舉起，只要一下，便是一道血，一層皮……

「不要打婆婆！」竇娥拚全力喊了一句，「是我藥死那老頭的！」

她畫了押，被拉到死囚牢裡去了。

太守沒想到這一招如此有效。

三伏天，竇娥被枷帶鎖赴刑場去，好長好悲慘的路，像她小時候七歲那一年的路，為別人而受苦的一條路。

按照死刑犯的慣例，竇娥當著監斬官說出最後的願望。

「給我一張乾淨的席子，讓我站在上面；另外掛一條一丈二尺的白絲練，我是冤枉的，我冤死的血一滴都不要留在地上，通通都噴上去，染紅白旗。」

「第二，我要老天給我下一場雪。」

「哪有這種事！」聽到的人都覺得很驚奇，「現在是三伏天，熱得死人的！」

「我一定要一場雪，」竇娥悲哀而平靜，「我是無辜的，別人的葬禮有素車白馬，我要老天爺給我一片雪白的天地來送葬。」

「最後，我要公平的老天爺，處罰這不公平的人世，我要這楚州大旱三年！」

說也奇怪，天一時竟然暗了下來，冷風吹過刑場，雪落了下來，而刀過處竇娥的血飛濺而起，染紅那一丈二尺長的白旗。

而從那一天開始，楚州真的不曾落一滴雨，所有的田地都乾死了。

十六年了，竇天章一直思念著自己的女兒竇端雲。當年考試很順利，官也越做越大。如今他的官銜是「兩淮提刑肅正廉訪使」，可是，由於蔡婆婆搬了家，他一直找不到女兒，心頭的那一點空虛始終無法補填。

這一夜，他來到楚州，宿在州廳裡，楚州乾旱三年了，老百姓都認為必有冤情。深夜，他滿懷憂思，不能成眠，只好把陳年文卷調來看看。

「竇娥藥死公公——」

他翻過去，覺得問斬是活該的，他很不恥竇家有這種人。朦朧的燈影中有一個女子向他下拜。

「妳是誰？」

「我是你的孩兒竇娥。」

「我的孩子叫竇端雲，不叫竇娥！」

「蔡婆婆改了孩兒的名字。」

「那麼這文卷上的竇娥是不是妳？」

「是的！」

竇天章忽然暴怒起來：

「我為妳哭得眼也花了、頭也白了，原來妳不是個好東西！我竇家三輩無犯法之男，五世無再婚之女，妳居然犯這種滔天大罪，辱沒祖宗，累我清名，妳今天不說個明白，我發文到城隍廟，叫妳在陰間永做陰山餓鬼，不得超生！」

做官的人，氣燄都是如此大嗎？

她慢慢地把三年前屈死的事細說了一遍。慣做法官的竇天章終於落下淚來，人間，為什麼總有那麼多不平事？

第二天，他把蔡婆婆、張驢兒和現任的州官提來問話，逃到他州去的賽盧醫也被找回來對詞，問題很快就澄清了。張驢兒判了凌遲死刑，賽盧醫充軍遠方，原太守杖一百，免職。

而竇娥當然已經無法索回她的生命，但她已滿意，事情終於水落石出，還了她一身清白。

「爹爹啊！把我的罪名畫掉吧！爹爹啊！（孩提時夜夜夢裡，她大聲叫這兩個字，而今陰陽兩隔，她仍遠遠地叫著）有一件事情，我要求求您，婆婆老了，又沒子女，您就收留她，也算替孩子盡養生送死的禮吧，我死在九泉下，也就可以瞑目了。」

一霎間，竇娥消失了。

許多年前，竇天章曾拉著女兒的手，送到蔡婆婆家撫養。

而今，許多年之後，竇娥把蔡婆婆送給竇天章去撫養。

第一滴雨，楚州大旱三年後的第一滴雨，此刻清清涼涼地落下來，印在龜裂的大地上，然後是第二滴，第三滴……終於，沛為霖雨。

救風塵

元・關漢卿

作者亦關漢卿，關氏作品中常對娼妓、戲子寄以相當的同情與了解，《救風塵》一般被視為喜劇、鬧劇，那是就其「緊張有趣的營救效果」而言，但亦有學者就趙盼兒的「諳盡人情冷暖」的冷靜，而視之為悲劇。

「趙大姐，」少年安秀實囁嚅（ㄋㄧㄝˋ ㄖㄨˊ niè rú）著，不知如何開口，「宋引章要結婚了。」

「跟你嗎？」趙盼兒笑起來，她的笑聲跟她的歌聲一樣好聽，宋引章也是，他們都是青樓中賣唱兼賣笑的女子。

「不是，她，她要嫁給那個花花公子周舍。」

「哈！周舍這種人哪能做丈夫？」
「所以想請姐姐去勸勸她。」安秀實終於說明了來意。
「哎！妓女要嫁人也難，」趙盼兒嘆了口氣，「要嫁個老實平凡的男人，又不甘心。要嫁聰明英俊的，又怕抓不牢。而且女人多半痴情，男人卻多半是鐵石心腸，這種事我看多了，我自己是一輩子不嫁人的！不過，你既託我，我也只好跑一趟，你坐坐，我要是勸成了，你也高興；勸不成，你也別煩惱。」

「我要嫁人了。」宋引章一副開心的樣子。
「好啊，我剛好也是來做個介紹人的。」
「介紹誰？」
「安秀實。」
「天啊！那個窮秀才，我嫁給他只好一起去打蓮花落（中國古代乞丐討賞錢的說唱藝術）。」
「那妳要嫁誰？」
「周舍啊！」
「為什麼？」

「他的身材好，有衣服架子，穿一件合身的衣服，看起來好瀟灑啊！」

「哼！衣服算什麼？連蟑螂也有件油亮亮的衣服呢！」

「而且，他體貼，夏天裡我在睡午覺，他就替我打扇子；冬天，他替我把被窩溫了才讓我睡。我出去應酬，穿哪一套衣服，配哪一套首飾，他都伺候得好好的。」

「哈，哈，原來是這樣，笑死人了，他這些小殷勤就把妳迷住了嗎？也不想想他這套本領哪裡學來的，要不是成天混在女人堆裡，哪裡搞懂這些插金釵、戴耳環的玩意？妳聽我的話，這種男人會這樣伺候妳，以後，也會這樣伺候別人，不到半年，他就把妳打得哭哭啼啼回來。有句話我勸妳，『船到江心補漏遲』，到時候啊，有妳的苦受的。」

「哼，」宋引章也氣了，「我就是要死了也不來求妳。」

「哎呀，是大姨子來了，」周舍剛好進來，「大姨子就做我的介紹人吧！」

「介紹誰？」

「引章啊！」

「引章？我問你，你要引章，要她什麼？她會針指油麵嗎？她會刺繡鋪房嗎？她會大裁小剪嗎？她會生兒育女嗎？」

連環問，問得周舍和宋引章都很生氣，趙盼兒看看也不是味，就說要回去了。

「算了，算了，」周舍送走了趙盼兒，「這女人真難纏，我們動身吧，從這裡到鄭州好遠的路呢！」

「勸得動嗎？」

沒想到趙盼兒一出門安秀才就等在門口，她搖搖頭。

「好吧！」安秀才一臉黯然，「我上朝應舉去了。」

「趙家姐姐，趙家姐姐，」不到半年，宋媽媽就氣急敗壞地來找趙盼兒，「引章托王貨郎（賣女子用品的小販）捎了封信來。」

盼兒一看，果不出所料，信上寫著：

> 從到他家，進門打了五十殺威棒，如今朝打暮罵，眼看快死了，可急央趙家姐姐來救我。

「這可怎麼辦呢？」

「不妨事，我存了幾個壓被角的銀子，大不了把引章買回來就是。」

「不行啊，那魔頭說：『進了我家門，只有打死的，沒有買休賣休的！』」

「不怕——我的辦法多的是。」

盼兒拍著胸送走了宋媽媽，滿心想的是風塵中姐妹患難相依的溫暖，她忘了當初說的「有麻煩別來找我」的氣話了。

「等我到鄭州，」趙盼兒獨自對著鏡子歹毒地一笑，「三言兩語，肯寫休書萬事俱罷；若是不肯寫，哼，我將他掐一掐、拈一拈、摟一摟、抱一抱，弄得那傢伙通身酥、遍體麻，就像在他鼻上抹一塊砂糖，讓他舔又舔不著、吃又吃不到，騙得他寫了休書，哈——我再一走了之。」

她愉快地幻想著，自覺是個俠女。

趙盼兒到了鄭州旅館，著人把周舍找來，周舍原以為是什麼老相好的女人，沒想到是趙盼兒，忍不住生了氣。

「哎呀，你別氣，你聽我說嘛，」趙盼兒說得無限委屈，「那時候，在南京，大家都在談你，到處都聽到你的名字，害得我好想看你。一看到你，就被你迷得神魂顛倒，沒想到你偏看上引章妹妹，這還不說，你還叫我做你們的介紹人，我當然生氣啦！」

「呀，原來是這麼回事。」

「你看，我現在還是不死心，我乾脆帶了車子、鞍馬、衣服、被褥來嫁你了！」

「太好了，妳怎麼不早說。」

這時，宋引章出現在旅舍門口，她已經接到趙盼兒的信，知道了她的計劃。

「不要臉！趙盼兒，」她在門口大鬧，「來搶人家的丈夫。」

「我為什麼要受這種氣？」趙盼兒撒起嬌來，「你就看我受她欺負嗎？你把她休了，我立刻嫁你。」

「好，我馬上就休！」

忽然，周舍遲疑起來，不行，這邊還沒娶到手，那邊又休了，萬一兩頭落空呢？

「不過，妳最好發個誓。」

「好！」趙盼兒立刻發誓不嫁周舍就不得好死。

「店小二，去買酒。」周舍說。

「別買了啦！我早就準備了十瓶好酒。」

「還要買羊！」周舍吩咐。

「不用，我車上帶了隻熟羊。」

「好，好，我去買紅羅！」

「放心吧！一對大紅羅早已買好，周舍！何必分那麼清楚，你的就是我的，我的就是你的。」

周舍心中大喜，回到家裡飛快地寫了休書，把宋引章趕走了。

然後他回到旅舍找趙盼兒。

「那婦人嗎？」店小二說，「你剛出門，她馬上就走啦！」

周舍急忙去追，把兩個婦人同時追上了。

「引章，妳是我老婆，往哪裡逃？」

「我已經有了休書。」

「休書該有五個指模，這休書只有四個指模，不算數。」

宋引章忙掏出休書來看，周舍一把搶去咬碎了。

「趙姐姐，休書被他毀掉，怎麼辦？」

趙盼兒跑來相救。

「哼！怎麼辦？」周舍得意地大笑起來，「連妳也是我老婆。」

「誰是你老婆？」

「妳吃了我的酒。」

「胡說，是我車上的好酒，什麼時候變成你的了？」

「妳受了我的羊？」

「明明是我的羊！大家都看到的。」

「妳接我的紅定！」

「你哪來的大紅羅？你忘了，那也是我的！」

「妳發過重誓要嫁我。」

「誓言嗎？」趙盼兒大笑不止，「歡場裡的誓言哪能聽呀，要信這些誓言，花街柳巷，大家早就死得絕門絕戶啦！」

「姐姐，我怎麼辦？」引章哭起來，「我的休書沒了。」

「我就知道妳這種傻蛋會上人家的當，」趙盼兒不慌不忙地說，「我哪會把真休書給妳，放心，真休書在我手上，撕壞的那份是我用來逗他的假休書。」

盼兒領著引章揚長而去。

而安秀才，仍在等著引章，他們終於結了婚，而介紹人呢？當然是趙盼兒了。

漢宮秋

元・馬致遠

作者馬致遠，號東籬，大都人，曾任江浙行省務官。與關漢卿相較，他更重視文辭的典雅醇正。所撰雜劇十七本，今存七本，除本書所收集一本外，較出名者為《青衫淚》、《岳陽樓》、《任風子》、《黃粱夢》（多與道教思想有關）。馬氏散曲作品尤為識者推崇，明朱權讚為「朝陽鳴鳳」、「振鬣長鳴、萬馬皆瘖」、「宜列群英之上」。

「大塊黃金嘛，我任意抓，生死王法呢，我全不怕！只要生前有錢財，嘿嘿，死後哪管人唾罵。」

毛延壽一面暗自呢喃，一面數著金子，兩個眼睛樂得瞇成一條縫。

「哼，幹我們這一行的，」數了一會，他又繼續自言自語，「只要我開口，哪個美女不是乖乖地送錢來。皇帝三宮六院，哪裡有功夫去細挑慢揀？這樣一來，當然就要靠我這畫工啦！進宮美女的命，全在我這本畫冊上。凡是肯奉上銀子的，我就把她們畫得比別人漂亮些。皇帝反正是按圖挑選，說不準也許就當上了皇后了呢！就憑這點，多要他兩個錢不也是很應該的嗎？」

「可是，」他眉頭一皺，想起一件事，「我一輩子沒有碰到過這種窩囊事，居然有個叫王昭君的敢不買我的帳。她說她家裡窮，出不起。其實，也是仗著自己長得的確比別人漂亮。再說，最主要的，我看是她這人生來心高氣傲。哼，也不想想，我毛延壽豈是妳一個小宮女開罪得起的？」

說著，他站起身來，把剛完成的一百幅新進宮的美女寫真圖又翻了一遍。王昭君實在是裡面最漂亮、最出眾的一個。他看著看著，忽然一筆點下去，把王昭君的左眼塗瞎了。

「哈哈，」他咭咭地笑起來，「我的瞎美人，妳好好等著到冷宮裡去過日子吧！」

深夜，後宮。

王昭君在燭光下輕輕彈著琵琶，許多夜晚以來，她已習慣用這種方式來打發內心的悽惶。在輕攏慢捻中她想起故鄉西蜀，想起田隴間的故宅，以及慈愛的父母……

「為什麼？為什麼一個女人生得漂亮就要讓人帶走，就要跟父母分開，就要給帶到這種寂寞無聊的地方來？」

沒有人回答她的問題，她幽幽地嘆了一口氣，繼續彈她的琵琶。

「去問問是哪一位宮女，」漢元帝在門外聽了半晌，叫小太監進去問，「琵琶彈得真是好——不要嚇著她。」

王昭君惶恐地跑出來迎駕，她是太驚訝了，一直不能相信面前真的站著一位皇帝。

皇帝也驚住了，雖然慣於看到如雲的美女，他仍不免被眼前的美人嚇一跳，除了容顏美麗，她的談吐和氣質也是極少見的。

「去把新進宮的美人寫真圖拿來我看，」元帝有些動了疑，「我不記得在圖畫上看過這樣的絕色女子。」

美人圖拿來，王昭君的左眼是瞎的。

「怎麼會把這樣的美人畫得瞎了一隻眼？」元帝暴怒，「我看是那畫工瞎了兩隻眼。」

「我沒有錢，不能賄賂畫工把我的容顏如實地畫下來——這世界倚權仗勢、瞞上欺下的人多著呢！」

元帝一方面為這稀世的美人而驚喜，一方面也為弄權的小人而震怒，他命令手下拘捕毛延壽來斬首。

「你是什麼人？」單于王聽說有漢朝大臣來，親自來問話。

「我是毛延壽，來獻大人一幅美人圖。」

「哎呀！」單于王一看之下，眼睛幾乎不能再移開，「這是誰？世間真有這種絕色美人？」

「這是王昭君，」毛延壽由於消息靈通，跑得快，算是被他脫逃一命，沒想到他跑到這裡來撞騙，「大王有所不知，這王昭君呀，真人比畫上還更好看呢！上次大王到漢朝去求親，這王昭君也自願要來做大王的閼氏夫人呢，漢王哪裡捨得，還是我毛延壽明理，我說：『當然以兩國結親最重要啦，做皇帝的怎麼可以貪戀女色，捨不得放人呢？』」

單于王信以為真。

「好，我一定指名索討王昭君來！」

毛延壽的臉上又出現了他慣有那陰險的笑容。

「嘿，嘿，王昭君，沒想到妳還真有皇后命呢！——不過，看樣子是番邦皇后哩，這，妳可沒想到吧？」

尚書得到求親的消息，忙去奏告元帝。

「『養軍千日，用在一時』，哪有自家將士畏刀避箭，卻叫一個女子去和番的道理？」

「兵甲不利，猛將全無，」尚書分辯道，「真要打起來，有個失利怎麼辦？一國生靈怎麼辦？陛下還是以全國生靈為重吧！」

「文武三千隊、中原四百州，一旦國家有難，就只知道靠這個法子來姑息嗎？」

「陛下還是以社稷為重，」無能的尚書把這句話重複又重複，「對方有百萬雄兵哪！」

「妾即蒙陛下厚恩，」昭君自己說話了，「當效一死，以報陛下——妾情願和番，得息刀兵。」

好了，昭君願意去了，文武百官都鬆了一口氣。

元帝又恨又怨，喃喃地罵個不休：

「別說昭君娘娘，就是你家丫環，你叫他去塞外苦寒之地，她肯嗎？」

但是，連皇帝也無可奈何，勢在必行，番使甚至說好了出發時間。

一杯別酒，昭君含淚上馬，西行而去。

大漠茫茫，走到番漢交界的河，昭君要了一杯酒，傾灑祝禱，然後跳入江中自殺了。

番王驚救不及，只能眼見著滾滾河水捲著那絕色女子一路遠去。

深宮裡，漢元帝在秋來的陣陣雁聲中不勝淒涼，忽然，只見門開處，昭君竟回來了。

「我趁人不備，私下逃回來了，陛下——」

「好啊，我才一眼不見妳就逃了！」一個惡狠狠的番兵同時追了進來，一把捉住昭君，「跟我回去！」

元帝猛然一驚，醒了。

只有昭君的像掛在牆上，只有北方的大雁，拖著淒涼的鳴聲，陣陣南翔……

天亮了，毛延壽被番兵綁著，帶上朝來。

「昭君既然已死，」尚書奏報，「單于王仍然願以姻親相待，還特別將這不忠不義的毛延壽解來我漢朝斬首。」

元帝厚犒使者，彼此盡姻親之禮而去。

該殺的殺了，該祭的祭了，兩國通好，四海平靖，每件事都很上軌道——只是那一年的雁聲，不知為何叫得那般徹骨淒涼。

倩女離魂

元・鄭光祖

作者鄭光祖，字德輝，山西平陽（今之臨汾縣）人。有雜劇十五本，今存四本，其中《㑳（ㄓㄡˋ zhòu）梅香》、《王粲登樓》皆有盛名，元鍾嗣成《錄鬼簿》（一本討論劇作家和劇作品的專書）謂：「以儒補杭州路史，為人方直，不妄與人交，故諸公子鄙之，久則見其情厚，而他人莫之及也。病卒，葬於西湖之靈芝寺。」

此劇情節係就唐人陳玄祐之《離魂記》改編。

「小姐，夫人有請。」

倩女抬起頭來，她今年十七歲，兩隻眼睛清炯炯的，有著孩子式的好奇，卻又有一份怯怯的溫柔，偶然，也閃過一絲慧黠和叛逆的奇異表情。

「什麼事？」

「我也不太知道，好像有客人來了，夫人要妳見見，快點去吧！」

果真有個少年在座，倩女低著頭，安分地走向前去。

「倩女啊，來拜見這位哥哥——」母親說。

「哥哥——」倩女柔順地叫了一聲。

「奇怪啊！梅香，」回到房間，倩女和丫頭談起，「母親叫我叫那人哥哥，不知道是什麼親戚？」

「唉呀，小姐，」梅香鬼靈精地笑起來，「真好玩，就妳自己一人不知道，他就是跟妳指腹為婚的那位王秀才啊！」

「什麼？他就是王文舉啊？」

「對啦，聽說他要去京師考試，路過這裡，來拜見準岳母呢！」

「不要胡說，」倩女心情顯然不好，「媽媽居然叫我喊他哥哥，這是什麼意思？」

「小姐，」梅香說，「王秀才長得真英俊——」

倩女不說話。

「我看老爺雖然不在了，老夫人未必會悔約，只是妳想想看，這王秀才父母全沒了，又不曾留下什麼錢財，王秀才自己的功名又未成，一個秀才又抵得了什麼事？夫人哪裡捨得把妳這麼嬌滴滴的大小姐許給他那個窮秀才？但是，夫人既然讓你們見了面，事情還是有望的，我看，王秀才要是能掙點功名回來，事情就十拿九穩了。」

倩女看了梅香一眼，心煩意亂地走開了，雖然梅香很熱心，並且相當聰明，可是，她不想理梅香。她心裡被那陌生的臉孔所占據了，忽然覺得母親俗不可耐，覺得自己無限委屈。

而在書房裡，王文舉也坐立不安。書房是夫人要佣人仔細打掃布置過的，茶飯也侍候得殷勤周到。他本來不想住下，夫人那種又客氣又冷淡的態度讓他自卑，他只想一路到京師去算了，可是夫人又一定要留他住兩天。

「不知道倩女曉不曉得我是誰？居然會要她叫我哥哥，唉……」

他想到她也正在這棟屋子裡的某一間房子裡，不知道她那靈動而微帶驚奇的眼睛現在閉上沒有？他嘆了一口氣，重新勉強自己繼續看下一頁書。

「孩子，」老夫人轉頭對倩女說，「妳替哥哥把一盞酒，算是送哥哥行！」

「是。」

西風吹過折柳亭，四野一片淒涼，倩女低著頭，滿滿地倒了一盅酒。啊！如果人的心也像酒就好了，她可以把自己的一片情意都傾注給他，一直傾注、一直傾注，一杯永遠滿溢的酒，直到地老天荒。

「哥哥，滿飲一盅！」

王文舉接過酒，一飲而盡，只覺全身的血一時都沸騰起來。

「伯母，」他望著老夫人，「孩兒就要到京中應考去了，當年先父母曾跟伯父母指腹為婚。但這一次，伯母卻要我與倩女小姐以兄妹相稱，伯母，孩兒不懂您的意思，但伯母怎麼決定，孩兒都沒話講，只求伯母明說——」

「唔——這事，我也有個道理，我們家三代不招白衣秀士，你也並不是沒有真才實學，我看還是先到京中進取功名，然後謀得一官半職再回來成親，也不算晚啊！」

「謝謝伯母指教！」他忽然站起身來，感到屈辱，卻不願服輸，「承蒙招待，不勝感激，孩子這就去了！伯母、小姐，保重了。」

老夫人望著王文舉備好了馬，一面也吩咐下人備自己和小姐回程的車，多年的寡居生活，早已把她訓練得冷靜、能幹和篤定。

行行重行行，漫長的旅途望之不盡。而這一夜，王文舉泊船江岸，在明月蘆花間靜靜地撫著橫在膝上的古琴。

琴韻中猛抬頭，他看見岸上恍惚有個眼熟的女子身影。

「誰？是倩女嗎？」

「是的！」女子走得更近，只見她的臉上流著汗，頭髮散亂了，聲音也氣喘吁吁的，「我背著母親偷跑來了！」

王文舉放下琴，站起來，大驚失措。

「妳，妳坐車來的？還是走來的？」他不該問這麼句莫名其妙的話，卻不知怎麼找不到其他的話說。

「我，我走來的，反正在家裡，也是魂思夢想、牽腸掛肚。」

「老夫人知道了怎麼辦？」

「我已經跑出來了，知道了又怎麼樣？」倩女的頭髮在風中被吹起，月下的眼睛清亮而灼人，俗話說得好：『做了，就不怕！』」

「可是，可是，」王文舉不知道怎麼應付這種事，「古人說：『聘則為妻，奔則為妾。』老夫人已經答應，只要有功名就可以娶妳，名正言順的，不好嗎？妳這樣跑來，算個什麼呢？」

「你不要生氣，我的主意已經拿定了。」
「妳回去吧！」
「我回去，你一旦及第，就會去做相府的貴門嬌客！」
「我不會這樣貪心！」
「到時候你會身不由己！」
「小姐，妳只想我考中的事——妳難道沒想過我也有可能考不中嗎？」
「不中就不中，我一樣可以荊釵布裙，跟你同甘共苦一輩子。」
「妳——」王文舉被她晶亮的眼神看得楞住了，他沒有想到那小女子有這樣桀驁不馴的性格，「妳願意跟我一同上京去嗎？」
「當然，我們現在就叫稍公連夜開船吧！晚了，說不定家裡有人追上來！」
船的帆揚了起來，王文舉覺得自己在做夢。

春天了。
王文舉愉快地伏在桌上寫信：
「寓都下小婿王文舉拜上岳母座前：自到闕下，一舉狀元及第，待授官之後，文舉同小姐一時回家，並恕不告而娶之罪，萬望尊慈垂照，不宣。」

「張千，」他叫來佣人，「把這封平安家書帶到衡州去，找張公弼相公家，交給老夫人。」

張千拿了信，一路奔波，找到了張家。

「請問這裡是張公弼相公的宅子嗎？」

「這裡就是！」應門的是梅香，「你有什麼事？」

「我們相公得了官，叫我帶封平安家書來報與夫人！」

「啊，你進來。」

梅香一高興，沒有告訴老夫人，就把他帶到倩女房間去了。

張千站定，恭恭敬敬遞上信，抬頭一看，不禁大吃一驚：

「天哪，怎麼這裡有個小姐，長得跟京中的夫人一模一樣？」

那小姐接過信來，張千這才注意到這位小姐很疲倦，像是久病不癒的樣子，但是在那副病懨懨的容貌之後，仍有著掩不住的秀麗眉目。張千望著那小姐，只見她一面看信，一面流淚。

忽然，她叫了一聲：

「啊！他已經另娶夫人了！」

說著，便昏倒了。梅香急得趕快去救，好一會，那小姐才轉醒，小姐一醒，梅香鬆了口氣，一時想起來，竟去找了根棍子來打送信的張千。

「哼！都是你害的！」

「天哪，這是怎麼回事？」張千一面趕緊逃，一面也有些抱怨，「相公說叫我送平安家書回來，看樣子，寄的卻是一封『休書』，真倒楣，可憐那小姐氣昏了，也難怪梅香要打我。」

回到京中，他不敢提起此事。

又是春天；距離王文舉第一次到倩女家已有二年半了。很幸運的他分發了衡州府判，算是衣錦還鄉了，一對郎才女貌的璧人一路行過綠楊紅杏，回到衡州。

「母親，」王文舉跪在老夫人面前，「請您饒恕我的罪過。」

「你有什麼罪？」過了這些年，老年人看來憔悴多了。

「我不該私自帶了小姐上京。」

「你說什麼？小姐明明在家裡，一步也沒出門啊！你把你說的小姐叫來我看。」

王文舉從車上把畏罪不敢直接進來的倩女帶了進來。

「啊！」老夫人一看也呆了，「她一定是鬼，是妖怪！」

王文舉一聽這話也慌了，立刻抽出劍來：

「妳老實說，妳是何方妖精，妳不照實說，我就砍妳個一刀兩段。」

「媽媽！」倩女悲號了一聲，「您是不是在用手段叫王文舉殺了我，好保全家聲？相公，你看在我們的恩情上面，放我去跟母親說的小姐當面折證去！」

「好！」老夫人也猶疑起來，「文舉，別殺她，我們去對證！」

倩女走入當年的閨房，神情腳步一時竟恍惚起來，走到床前，只見梅香正擁著個半死的小姐，而那小姐，竟跟自己長得一模一樣。

忽然，她身不由己地撲上前去，和病得昏迷的小姐合成一體，就在這時，昏迷的小姐忽然張開了眼，痊癒了。

「剛才那個小姐，附在我們家裡這位小姐身上，」梅香急得說不清，「然後，小姐就醒過來了。」

老夫人和王文舉一時都看呆了。

「我，我得官的時候就寄過一封信回來。」

「誰看得懂那信？」小姐嬌嗔地說，「我聽說你娶了夫人，氣得昏倒，我怎麼知道你娶的就是我？」

原來，自折柳亭一別，矛盾的倩女竟把自己分裂成兩個：她的魂靈做了叛家的私逃女，去追尋她的愛情，而她的身體卻病懨懨地躺在家裡，做一個守禮教的乖女兒。

女兒病好了，女婿也功成名就，老夫人很滿意，覺得能向列祖列宗交代了。前面的事過了就算了。她吩咐佣人殺羊備酒，她要為他們舉行一個最光彩、最盛大的婚禮。

梧桐雨

元・白樸

白樸，原名恆，字仁甫，改字太素，號蘭谷，真定（今河北正定縣）人，一說隩州（今山西河曲附近）人。作雜劇四本現存兩本，皆選入本書。曾官至金樞密院判官，金亡不仕，遂遨遊以終。

清晨，大唐天子明皇上朝。

有人從邊疆押解了一名失職戰敗的蕃將安祿山，來交給皇帝裁決。

「按照慣例，」丞相張九齡奏告皇帝，「這人應該處決——何況這人長相奇異，留著可能後患無窮！」

明皇望下去，只見那人又矮又胖，眉目間有一種黠伶的樣子。

「你有什麼武藝？」皇帝問他。

「臣能左右開弓，十八般武藝，沒有一樣不會的，而且，臣還通曉六蕃語言！」

「你的肚子這麼肥大，裡面裝的是什麼呀？」

「一片赤膽忠心！」

皇帝看他說話有趣，不理會張九齡的勸告，赦了他的死罪。安祿山一聽說有了活命，立刻手舞足蹈起來。

「這又是幹什麼？」

「這是我的『胡旋舞』。」

「唉呀，陛下，這人真好玩，」楊貴妃在一旁給逗笑了，「還會跳這種什麼胡旋舞，留著給我解解悶吧！」

「好呀，妳領去，」皇帝說，「送給妳做乾兒子！」

張九齡和楊國忠很不以為然，不過也沒有辦法。

後宮中傳來喧譁嘻笑聲。

「是什麼事這麼高興？」皇帝覺得很驚訝。

「貴妃娘娘在開玩笑。」一位宮娥很興奮地說，「她說她剛得了這個兒子，所以要做個『洗兒會』來熱鬧熱鬧！」

「好哇！」明皇也很有興致，「替我拿一百文去給他做賀禮。」

送完了禮金，皇帝想想，既是貴妃兒子，也就是自己的兒子，總得封個官吧！他本來想封他個朝中的官，但張九齡和楊國忠極力反對，明皇只好改封他一個「漁陽節度使」的官。

「唉，這兩個人真可恨！」安祿山敢怒不敢言，「表面上看，漁陽節度使的官還大些，但這樣一來就不能留在京裡了。可恨呀！貴妃娘娘那麼迷人，留在宮中多少也可以勾勾搭搭，現在，卻只好走了，不過，哼！你們看著吧！我還會回來的！」

七月七日是傳說中牛郎織女天河會的日子，貴妃帶著宮娥，在夜色中挑著絳紗燈，來到長生殿的院宇中，設下鮮麗的瓜果，和民間女子一樣，向天孫（織女）乞巧。明皇悄悄走來，把一只鈿盒子和一對金釵送給貴妃，卻只見貴妃拿著另外一個小盒子，神色詭秘地關了隻小蜘蛛在裡面。

「這是做什麼？」

「明天早上打開，看蜘蛛絲密不密，密的話，就是我求到的巧多，稀，就是我求到的巧少。」

「妳已經奪到了六宮的專寵，還要再怎麼巧，再怎麼能幹呢？——咦？那邊紅藍彩線綁的又是什麼呢？」

「啊，那是今天晚上供奉牽牛星用的，叫『種五生』，前幾天，我們把綠豆、小豆、小麥什麼的泡在磁器裡，等泡發了芽，就用紅藍彩線束起來，很好看吧？」

拜完了牛郎織女，明皇跟貴妃在秋庭中散步，初秋的風，吹來有幾分淒涼。

「牛郎織女見了面，可是，恐怕立刻又要分手了吧？一年才這一次，也不知道他們平常想念不想念？」

「怎麼會不想呢？神仙也會害相思病的呀！」明皇笑道。「要是比幸福，我這個凡人是贏定了。」

「可是，他們是神仙，他們可以天長地久的一直年年會面，而我，一旦春老花殘，你就會去寵愛別人……」

「胡說，哪有這種事！」

「你能跟我盟誓嗎？」

「好，神明在上，我與妳，今生偕老，百年之後，生生世世為夫妻。」

「盟證是誰？」

「剛才的鈿盒金釵算是信物，證人嗎？就叫牛郎織女做吧！」

天淡雲閒，長空中數行大雁，明皇和貴妃在御園中對酌，忽然聞道四川使臣來了。原來四川使臣已經連跑許多天，為的是把新鮮的荔枝及時貢給貴妃嘗新。

「這荔枝真可愛，也真好吃。」貴妃高興地笑了。

酒過三巡，貴妃把新編的〈霓裳羽衣舞〉跳給明皇看。江山平靜，美人當前，花園中是一片乾爽的新涼，真是美滿快意，明皇親自捧盞，為舞罷的妃子勸一杯酒。

忽然，承相李林甫慌慌張張地跑了進來：

「不得了！邊關飛報，安祿山造反！大隊軍馬一路殺來！陛下，國家長期太平已經沒有人會打仗了，怎麼辦啊？」

「賊兵壓境，你們眾官應該計議，好好出征才對啊。」

「京營裡剩下的兵不到一萬了，拿什麼去打啊，連哥舒翰那樣的名將還打他不過，這裡將老兵衰，哪一個是去得的？」

「依你，有什麼計策呢？」

「陛下還是到四川去避一下鋒頭，再作計較。」

推開滿桌荔枝的殘皮剩核，一段歡樂乍然停止了。

大軍向西走，江山留給太子、郭子儀和李光弼去守，蜀道艱難，明皇知道，他既把責任交出去，權利也就沒有了。

走到馬嵬坡前，六軍喧譁，再也不肯走了。

「發生了什麼事？」

「陛下，」將軍陳玄禮說，「眾軍士說，國有姦邪，姦邪不除，大家不能服氣。」

「誰是姦邪？」

「楊國忠——貴妃的哥哥——他恃寵誤國，況且敵人也是指著名號要殺他，今天不殺他，軍心難平。」

吶喊四下響起，像野獸的低嚎，明皇猶疑了。殺了他，貴妃傷心；不殺，社稷難成。而他，卻不幸是一個必須以社稷為重的皇帝。

「好吧，隨你。」

眾軍士擁上，一刀殺了楊國忠，而其餘的，仍意猶未足地站著不動。

「繼續開拔！」

沒有人移動。凶惡的眼睛狠狠環伺著。

「人已經死了！該走了吧！」

「他們不放心，」陳玄禮上來解釋，「既殺了楊國忠，貴妃也不宜於留在陛下身邊——還希望陛下割一己之私，正天下之法！」

「貴妃何罪？」

「貴妃或許無罪，但楊國忠已死，貴妃又常在陛下左右，將士怎能自安？怎保她不伺機讒言，以報兄仇？請陛下除貴妃以安將士之心——將士安，陛下方能安，國家才能安！」

「陛下，」貴妃驚叫，「數年恩愛，就落得如此嗎？」

「妃子，六軍變心，連我也不能自保——」

「陛下——」

「高力士，」明皇背過臉去，「你引她到佛堂中，給她一匹白練，等她氣盡，再叫軍士查看。」

「陛下，你好忍心？」

「不要怨我，我無能為力——」

高力士捧著妃子的外衣出來，低聲說：

「娘娘已經死了。」

六軍瘋狂地衝上來，如雨點的馬蹄踏在貴妃的屍身上，一代美人，就這樣被人踐踏著。

明皇無助地哭出聲來。

再次回到長安，明皇已不再是皇帝，兒子登了基，他退居太上皇。重享太平並沒有帶給他歡樂，馬嵬坡的記憶使他愁慘悲傷。時序又是秋天了，還是那棵梧桐樹，在樹下，他們曾說過傻傻的誓言，在樹下，她曾為他起舞。而今，雨打梧桐、華清池、長生殿、沉香亭賞牡丹以及最後的〈霓裳羽衣舞〉……都只能反覆在他的夢魂裡出現。

沿著梧桐葉捲曲的舟形邊緣，秋雨點點滴滴地落下、落下——像一個講不清、悲傷的宮廷愛情故事。

二、傳奇五大重要作品

荊釵記
白兔記
拜月亭
殺狗記
琵琶記

荊釵記

明・朱權

一般相信本傳奇的作者是朱權，朱權為明太祖第十七子，封寧獻王。晚年又號「涵虛子」及「丹邱先生」。精通音律，著《太和正音譜》，品評曲家，訂正曲譜，極受重視，著雜劇十二種，除本傳奇外，皆亡佚。

王十朋從小失去父親，在南方的溫州城裡，和母親相守著過清寒的日子，偏偏他又選了最坎坷的一條路——讀書，眼看成年了，卻一事無成。

同一個城裡，卻有一個富戶，叫錢流行，他也算是個讀書人，曾考取過貢元，他帶著一個十六歲的女兒玉蓮，以及續弦的妻子一同過活。

暮春時節，溫州城一片紅紫紛芸，而這一天，是錢流行的生日。玉蓮捧著酒為爹爹上壽，她是如此乖巧美麗的一個小女孩，像她早年死去的母親。錢流行舉起酒來，想起生平事，除了早年喪偶，後來胡亂娶個「繼室」湊數不太愜意以外，一切都算平平順順了。

就在這時候，他在幸福的感覺中開始為女兒的婚事憂愁了，她十六歲了，他要為她選擇怎樣的一生呢？許多年來，他對她幾乎有些內疚，她是個太好太懂事的女孩，好得讓他心疼。

「聽說王十朋那個年輕人不錯，家裡雖窮，倒是個規矩孝順的孩子，而且，據我看，將來一定有出息。」

生日宴之後，他的主意越來越拿定了。

秋天來了，眾秀才去參加堂試，王十朋脫穎而出，成為魁首。不過，那還不算最正式的考試，他的命運要看明年的春闈。

聽到一聲咳嗽，許文通跑了出來，奇怪，住在這種隱蔽的地方已經多年都沒人上門了，今天會是誰呢？

「原來是錢老貢元。」

「老朋友了，我也不轉彎抹角啦！我女兒年紀差不多了，想找個女婿。我很喜歡王十朋那年輕人，你可不可以當個媒人？」

「你富他窮，這親事應該不難的。」

王十朋的母親張氏正襟坐好。

「孩子，有句話，我要跟你說。」

「是的。」王十朋放下書。

「春榜要開了，你要上京去趕考了吧？」

「是的。」

「前天，錢老貢元請許老先生來說媒，他想把玉蓮跟你結親，你自己怎麼想？」

「我？我現在什麼事業學業的基礎都沒有——」

正在這時候，許老先生又來了。

「很謝謝錢老先生的厚意，但是貧富懸殊，小兒又學業無成……」

「錢老先生是個很有見識的人，從來不會嫌貧愛富的，依我看，聘禮也只是個意思，是個信物，不如隨便給個什麼，把這門親事訂下的好。」

「玉蓮的人品其實誰不喜歡？」張氏心動了，「但我們家十幾年來，孤兒寡母，哪有什麼金器銀器，我隨身用，只有這個荊釵了。」

張氏說著，順手從頭上把頭釵拔下來。那是一個木質的，輕便的，因為使用日久而顯得有點古銅色澤的頭釵。

「啊，也可以啦，」許老先生說，「從前孟光就是釵荊布裙的樸實女子，這倒是個好兆頭，將來這小兩口也會跟梁鴻、孟光一樣和樂幸福的。」

王十朋有個同學叫孫汝權，肚子裡一點學問和見解都沒有，但卻是溫州城裡第一號財主，年紀也老大不小了，還沒有娶親。

有一天，他偶然在一家題著「為善最樂」的人家門口，看見一個小姐，長得十分漂亮。

「朱吉！」他回家來，大聲叫管家，「你知道，門口寫著『為善最樂』的是哪一家？」

「是錢貢元，錢流行家，我常經過。」

「他家女兒長得可真不賴。」

「咦，那就去說媒啊，錢家對門有個燒餅店，那賣餅的張媽媽就是錢貢元的妹子，找這位姑媽當媒人，不是現成的嗎？」

孫汝權喜得抓耳搔腮的，立刻跟朱吉去辦事。張媽媽聽了，倒也很高興，何況，孫家的聘禮很風光，一對金釵，外加白銀四十兩，事成之後，媒人自有重酬。

「王家的聘禮來了，」許老先生來到錢府，「太輕微了，不知該不該出手。」

「哪裡話，又不是賣女兒，聘禮是個意思罷了——哎，這種荊釵蠻有意思的，倒像古董呢，哈，哈，說不定就是當年梁鴻的妻子孟光用的那一根呢！麻煩你告訴王老太太，我收下了，事情就這樣說定了。」

「哼，這種一分銀子可以買上十個的爛東西你也收，」錢太太走了出來，「我看哪，要娶媳婦也真好辦，一分銀子夠下十家聘禮啦，可以一口氣討十個媳婦咧！」

「哼！妳這種女人！真沒見識！我喜歡王家那孩子，妳又怎麼樣！」

兩個人正賭著氣，張媽媽的大嗓門一路嚷了進來。

「哥哥、嫂嫂，大喜啊，有人看上你們家女兒，託我說媒來了。」

「別提了，妳哥哥已經許了王十朋家了。」

「哎喲，那兩個母子窮鬼，窮得連老鼠都不敢上他家去的，嫁他家做什麼？」

「妳想說哪一家的媒？」

「溫州城裡第一財主孫汝權啊，你們看這一對金釵，還有四十兩銀子。」

「喲，喲，真漂亮，這金子成色真好！」

「妹妹，妳來晚了，已經說好王家了。」錢流行別過頭去。

兩個見錢眼開的婦人死不罷休，嘮嘮叨叨地一直說個不停。

「算了算了，」錢流行一人敵不了兩人嘴，「妳們有本事就直接找玉蓮談去，荊釵、金釵，王家、孫家，隨她自己，我不管了！」

「爹爹先許的是王家，我就選這荊釵。」玉蓮堅持。

「死丫頭，妳不要以為我不是妳親娘，就不聽我話，其實，還不是我給妳飯吃，妳才長大的。妳現在倒來逞強，連我的話也敢不聽！我告訴妳，我醜話說在前面，妳要嫁王家，可以，嫁妝可是一件也沒有！」

玉蓮低首不語，錢老爹為恐婚事多變，把婚期匆匆訂在翌日。玉蓮到親娘祠堂裡哭了一陣，又站在門外，向不再理會她的後母拜別，便這樣寒寒傖傖地嫁到王家去了。

雖然婚事準備得很急促，場面也很冷落，但兩人都誠心誠意的，一點不覺潦草，新家庭裡充滿和悅的氣氛。錢老爹聽說女兒女婿恩愛，也高興不已。他甚至打點了銀兩，交給女婿去趕考，又怕剩下婆媳兩人住，被人欺負，所以乾脆把他們接回家裡一起住了。

京城的競爭過程十分激烈，但王十朋終於得了頭名狀元。丞相看他少年英俊，打算把女兒多嬌嫁給他，以他為半子。

「我家裡已經有妻子了。」王十朋老老實實地拒絕了。

「人富了，就換批朋友；人貴了，就換過妻子，你不懂嗎？」

「丞相沒聽過嗎？『糟糠之妻不下堂，貧賤之交不可忘』。」

丞相惱羞成怒了，竟運用職權，把他發表的江西饒州的官改到廣東潮州。在當時，潮州算是煙瘴之地，一般人視為畏途，王十朋倒無所謂，能逃開丞相的逼婚，潮州就潮州吧。當下寫了封平安家書，把事情本末說了，然後託了個人寄信。

事情就有那麼巧，那不學無術的孫汝權，在京中落了第，也想找人帶封家書，聽說有人回溫州，就請他一齊帶去，他請帶信人趁他寫信時出去喝一杯再來。沒想到帶信人一走，他竟偷拆了王十朋的信，在裡面重新填了封滿紙不通的信，大意是把拒婚改為成婚，並且勸玉蓮再嫁算了。

玉蓮婆媳接到這樣的信，納悶不已，錢老爹更是氣得要命，滿街亂走想找人打聽。剛好孫汝權也回來了，聽說他也是京中考完試回來的，便想跟他探個虛實。

「呀，你可問對人了，」孫汝權別的本領沒有，騙人倒很內行，「我親眼看見的，他入贅丞相府去了，唉，那負恩的人！玉蓮如果早嫁給我就好了，不過，現在也還不晚，我馬上就送黃金百兩，緞子百匹來迎親吧！」

錢老爹也不知該怎麼辦了？

「我丈夫是個善良的讀書人，我就不信他真會忘恩負義，」玉蓮抵死不肯答應新的親事，「就算是真的，我也情願守節。」

「哼，『守節』這種字眼嘴上講蠻好聽，」後母不屑的話，「真要叫人守，我是一個時辰也守不住的。」

為了貪圖孫家的財，後母成天逼玉蓮改嫁。逼急了，玉蓮只好半夜跑到江邊，把繡鞋往江邊一脫，縱身江流而去。這一來，錢老爹氣得和妻子吵翻了天。孫汝權因為白下了財禮不見新娘，也差不多要大打出手。王老太太只好別了親家去依兒子，臨行，她到江邊去痛哭祭拜了一番。

等著要上潮州作官的王十朋很驚訝母親一個人來了，母親卻遮遮掩掩不肯把話說清楚。岳父家裡的老管家也是一樣，一下說小姐隨後來，一下子又說小姐病了，王十朋猜疑不定，待他看見母親戴的孝，疑懼就更加重了。

「都是你害的啊，」老婆人忍不住哭了，「你停妻娶妻，入贅了丞相府，親家母逼她改嫁孫汝權，她不肯，又拗不過，一時想不開，竟……竟投江死了……」

「我沒有做過這樣的事！也沒寫過這樣的信！」悲痛氣憤，又怎麼說得清。

死者已矣，而旅途匆匆，母子倆還得趕赴潮州，早知求取功名要犧牲那麼多，他倒寧可貧賤夫妻相守度日。而今，生死兩茫茫，他只能奠上一杯酒去告祭亡魂了。

事實上，玉蓮很幸運，她沒有淹死，反而被溫州城錢太守的船撈起來了。錢太守正改調福州，由於同姓錢，就認了義女，再聽她一說身世，愈發疼愛她了。錢太守到了福州，差人去打聽王十朋的消息，那糊塗的信差拿了信去，過了些日子又原信帶回，只說到了那地方，聽說王公由於水土不服，全家都死了，究竟是哪個王公，他也沒分辨清楚。

兩個人就如此好事多磨地乖隔著，各人都以為對方死了。

五年過去了，王十朋治理潮州很有政績，便被改調回到吉安。吉安和溫州很近，他差老管家去迎請岳父母來奉養。錢老爹這才知道王十朋一點不曾負心，但是，玉蓮死了，事情澄清又能如何呢？正在這種悲哀無奈的傷感中，孫汝權居然一狀告到溫州判官那裡去，說錢流行賴婚。判官姓周，剛好是王十朋同科的朋友。案子正問到一半，王十朋的信恰巧到，他已調查了整個事件，也找到當年的帶信人，把孫汝權偷改信件的事揭穿。孫汝權當場從原告變成被告，罪證確鑿，先挨了四十大板子。

上元節（註：即正月十五），王十朋往道觀中拈香悼亡，玉蓮也去薦亡靈，香煙繚繞中，他們遠遠相望卻又不敢相認。兩人都覺得只是自己的幻覺。

「那是誰家女子？」

「錢太守家的。」

王十朋嗒然若失。

「梅香，」玉蓮問丫鬟，「那人是誰？」

「別提那人了，上次老爺要給你提親的就是他，也不知是什麼名字，只聽說是王太守，你當時死不答應的。」

這一幕都給錢太守看在眼裡，他想了個辦法來解決這問題。第二天，他把王十朋請到家裡，席間他說有一件「寶」要讓大家鑒定，大家都不知這灰黯不起眼的東西是什麼玩意兒。但東西傳到王十朋手上，他卻不免一驚：

「這，這是家母插戴的，後來，後來又權充我娶妻的聘禮。……」

故事既然說開了頭，王十朋忍不住一路說了下去，直說到上元節薦亡的香火中恍惚望見亡妻的傷痛……

看到他的真情，錢太守滿意了，他叫丫環帶出玉蓮，他們之中有一長串的故事要說個清楚。那不急，反正他們有的是一輩子的時間。大團圓也許是個庸俗的結局，但作為一個慈愛的義父，他還是樂於看到這一切的。

白兔記

元·佚名

作者不詳，一般假定為元代作品，然李三娘磨房產子，是民間流行之「受苦」及「母子團圓」之同類情節中，極受歡迎的一個故事。

大雪紛飛，整個李家莊一片純白。

今年的收成好，大家備下福禮三牲到馬鳴王廟來祭謝；另外還有些酬神的熱鬧節目，像跳鬼判的、踩高蹺的、舞獅豹的、做雜耍百戲的，顯出一片昇平景象。

今年主祭的社主是李文奎，他正恭恭敬敬地拜下去，忽然，空中一隻金龍爪伸下，把個全鷄給拿走了。

「這真是怪事！」李老爹驚訝不已。

祭完了，他聽到神幔後面吵打起來。

「這人偷我的鷄，」廟祝抓住個青年男子不放，男子手中拿的正是剛才祭神用的鷄，照例，這隻鷄是歸廟祝的。

「別吵啦！」李太公過來調解，「他是我遠房姪子，你放了他，我另外賠你一隻鷄就是了。」

李太公把這人帶到外面。

「我看你長得相貌堂堂，你叫什麼名字？你隨便去幹什麼都可以混個出息，為什麼窩在廟裡偷鷄呢？」

「謝謝老爹好意，我姓劉，名暠（ㄍㄠˇ gǎo），字智遠。」那人羞愧得有點口吃起來，「我，……從小死了父親，跟著母親改嫁……沒人管教，不曾學好，後來，母親也死了，我終日浪蕩……沒個正業……」

「唉，人都有個錯，」李太公不忍把話說重了，「你，就到我家裡來種地吧，有你一碗飯吃的。」

今夜不必再睡馬鳴王廟了，劉智遠心裡想，雪下得更大了，紅紅的爐火在村子盡頭等他們回去。

劉智遠初到李家，生活並不如意，李太公為人雖然寬厚，他的兒子媳婦和太太卻都不喜歡他，覺得他是吃閒飯的。好在李家的小女兒三娘對他還算仁慈。

劉智遠其實並不是偷懶，只是莊稼方面的事他一竅不通，完全搞不來。李太公把他調去牧牛養馬，成績倒是好多了。更意外的是一匹多年來大家頭痛不已的暴劣烏追馬，也被他降伏得一點脾氣也沒有了。這天，天特別冷，劉智遠也沒什麼冬衣，太公賞了他幾杯酒好禦寒，他吃了，就倒在牛棚裡大睡了一個暖和的覺。

李太公出來巡行，不知怎麼搞的忽聞雷聲大作，太公以為要下雨，忙差遣小廝去收房上曬的東西。然後，他才忽然發現，原來是劉智遠的鼾聲，整個牛棚一片紅光，有龍蛇在他的七竅之間遊走。

李太公自從上次在馬鳴王廟中看到空中的五龍爪，心裡就一直疑惑，現在他更確信劉智遠是個大貴人。他想留住這人，當然最好的方法就是把他收為女婿，他思忖著，要人去請三弟前來說媒。事情很快就說好了，可惜的是這麼一來，家裡引起的糾紛就更大了，但礙於李太公的面子，老大李洪一也不敢如何。

大廳上紅燭高燒，新郎新娘向父母下拜，奇怪的是每拜一下，老人家便感到天旋地轉。

一向有這樣的傳說，人如果被自己的父母長輩所拜，或被大貴人所拜，都會頭暈不支的。李太公和他的妻子竟這樣一病不起。劉智遠夫妻總共就只過了這幾天逍遙的好日子，父母一死，哥嫂的嘴臉就不好受了。

「『吃人一碗，服人使喚』，喂，劉窮，這個道理你懂嗎？」大哥說。「告訴你，你有兩條路好走。一條是官休，一條是私休，反正，我不趕走你不罷休！」

「什麼叫官休、私休？」

「官休，就是告到官裡，我要告你用妖術邪法，把我爹娘拜死了。私休呢，你寫下休書，跟三娘分手，永遠別到李家莊上來！」

「我不會寫休書！」

「我來教你，我念你寫：『……情願放棄妻子前去……並無親人逼勒……』寫好了沒有？」

「記得休書上要蓋五個實實的指模！」大嫂在一旁插嘴，一副很有經驗的樣子。

算了，劉智遠想，一個男子漢，被人侮辱到這種程度，愛情，也就不重要了，寄人籬下，是沒有資格享受愛情的。算了，走就走吧！他把五個指印按到紙上去。

大家滿意地拿起休書，瞇起眼睛來欣賞。

「你們也太狠了吧！」李三娘知道了，一把撕碎了休書，「居然敢逼人寫休書，爹娘屍骨未寒，你們就這樣翻臉無情！你們至少也要為我肚子裡的孩子想想啊！」

她大哭不止，把當年的媒人三叔也引來了，長輩出面說話，大哥李洪一雖然不服，也只好另外打主意再換套辦法來欺負劉智遠。

「妹夫啊！」這一次，李洪一居然不叫他劉窮了，「昨天的事，是我喝醉了酒，太沖撞你啦，你別記在心上啊！」

「哪裡話，一家人嘛。」

「我想，這樣好了，我們同住一起也很不便，不如分家，把家產分三份，我一份，老二一份，你一份。」

「我算外人，怎麼好分家？」

「不是這麼講，你的那一份算是三娘的陪嫁。我已經分配好了，我跟老二各得一塊地，你們呢，就得臥牛岡上六十二畝瓜園，那瓜園一年四季都有好瓜，可惜的是，常有偷瓜賊。」

「偷瓜賊算什麼，我去逮幾個偷瓜賊來，才顯得我手段高明呢！」劉智遠喜不自勝地說。

「別急，別急，」李洪一忽然殷勤起來，「先喝點酒再說。來，多喝兩杯，啊，對了，這件事，你可別告訴三娘哦——」

不告訴三娘？奇怪，為什麼不告訴三娘？自從岳父母死了，哥哥嫂嫂還不曾如此友善過，這種難得的喜事怎麼可以不告訴三娘。

「該死！這兩個惡毒鬼！」三娘聽了，氣得大罵，「你中了他們的計了，那瓜園裡有個鐵面瓜精，大白天都敢吃人的，他們是想把你送去餵妖怪的呀！」

「哈，哈，一聽妖怪，我的酒全醒了，妖怪在哪裡？我非去斬了他不可！從前，有個漢高祖，也曾斬蛇起義的——」

「瓜精比蛇厲害多啦，何況你又不是漢高祖——」

「差不到哪裡去，他姓劉，我也姓劉。」

「不要去！」

「非去不可，我生平不信邪，我們為人，頂著天地人三才，生長在三光下，就算真有鬼，我也不怕！」

臥牛岡上，瓜園的門半開半閉，四野無人，岳父岳母的墳，並列在一棵大樹下。

「岳父、岳母，請保佑我。」劉智遠深深地拜下去，他不能忘記老人的恩德。

天黑了，他心裡不免有點悽惶，剛才堅持要來，一方面固然也是本性，二方面更重要的是，他不能在李洪一面前丟臉，他不能因為知道有瓜精而趦趄（ㄗ ㄐㄩ zī jū）不前。

「嗯——有生人氣味。」一個陰森森的聲音出現了。

「不是生人，是村中的好漢！」

「好漢？哈！『好漢，好漢，生吃你一半，死吃你一半』！」

「哼，且看吧，我是『拿住妖精，一刀兩段』。」

打了一陣，妖精眼看敵不過，居然化為一道火光，鑽到地下去了。劉智遠不甘心，把地掘開，下面竟然有一個大石匣，匣裡面有頭盔衣甲、兵書寶劍，最奇怪的是上面居然還寫著：「此把寶刀，付與劉暠，五百年後……方顯英豪……」

寶劍盔甲，他一時還用不著，便依舊秘密埋上，兵書卻是他最愛的，他取出來打算好好研讀一番。

正在這時候，三娘急急地趕到瓜園來了，劉智遠躲在一旁，只見她哭哭啼啼捧著一碗飯找丈夫。她一看滿園打鬥的痕跡，又看到地上有劉智遠的棍棒就以為他死了，一時又痛哭起來，呼天搶地的要一同自盡。

劉智遠現身了，三娘嚇了一跳，竟以為是鬼。

「就算是鬼，」她猶疑了一下，跑過去緊緊抱住對方，「也是我丈夫。」

「妳手裡捧一碗飯幹什麼？」看她的樣子，他覺得好笑，「有沒有菜？」

「唉，你這人，我瞞了哥嫂，弄了這碗飯已經不容易了，哪裡還有菜？你快吃了吧！」

「我——這碗飯吃不得，」劉智遠忽然站了起來，身上穿的雖是平日的舊衣服，卻竟像披了甲戴了盔一般神氣，「三娘，這陣子，我們受氣還不夠多嗎？就是為了這碗飯，三娘，這碗飯，是不能再吃了。」

三娘驚訝地望著他，他連眉宇間都煥發著勃勃的英氣。

「對啦！」三叔聽說瓜園有事，也跑來了，「我已經打聽好了，在太原有位岳節使，正在招軍買馬，我助你點盤纏，你去投軍，將來會有出息的！」

「謝謝三叔，我這就走，」他轉過身來，含淚看著三娘，「我這一去，有三不回：不發跡不回，不做官不回，不報得李洪一的仇不回！」

「不，不要跟我說這些，跟我說句夫妻間的話。」

「生下孩子，好好撫養。哥哥嫂嫂如果再逼妳嫁人，不及我的，妳別嫁。比我強的，妳嫁了我也沒話說。」

夫妻一場，就這樣草草而別了。

又是落雪天，深夜裡，劉智遠提著鈴報更點。沒有想到投軍也如此不得意，原因是他到得晚，人家要招的兵數已經夠了，他勉強擠進去，成了編制外的人員，大家都把最苦的差事往他身上推。

雪下著，他想起去年那場雪，他想起李太公，想起李三娘，想起遙遠徐州沙陀村的李家莊。……天太冷了，他踡在樓街下休息，感到自己的身子越來越僵冷，血液也冷得要凝凍了，他太睏了，他要休息……

忽然，一件衣服輕輕地披上他肩頭，朦朧間他看不清是誰，只覺得自己的血液又慢慢解凍成溫熱的了。

「劉健兒，」有人叫他，那是他投軍時人家派給他的名字，「你該死，你太大膽了。」他在馬房裡正睡得迷迷糊糊，竟被人一把揪出，綁了，送到岳節使家裡。

「這紅錦戰袍是宮中賜的，你居然偷去，大模大樣地穿了，到馬房中去打盹。」

「我，我沒有偷，昨天半夜，我凍倒在路邊，不知那袍子怎麼蓋到我身上來的。」

「胡扯，哪有此事！」

「有的，」秀英走出來，她是岳節使最疼愛的女兒，「昨天夜裡，我看到這人快凍死了，本來想拿件舊衣服給他披披，沒想到拿錯了，居然把爹爹的紅錦戰袍披到他身上去了。爹爹要罰，罰我好了。」

「唉，妳這丫頭。」岳節使無可奈何了。

然後他又聽到下人不斷傳來的神異傳說，例如說，要打劉健兒的大板子正要打去，空中便顯出五爪金龍抓住板子。要吊他在馬房裡，馬房就一片火光，放走他，就沒事了。連秀英也說，昨夜看他深夜巡行的時候，只見一片紫霧紅光。

岳節使一一聽了，便決定把女兒嫁給他。

怎麼辦呢，劉智遠矛盾了，一面是權勢、是財富、是美人的投懷送抱；另一邊是長期屈居下人，做軍人最微末的一員，衣錦還鄉的希望幾乎等於零。他選了容易的那一條路。

而在李家莊，李三娘也面臨選擇。

「我們不能拿閒衣閒飯養閒人，」哥嫂說，「給妳四條路走，第一，妳上天去；第二，妳下地獄去；第三早早嫁人；第四白天挑水三百擔，夜裡挨磨到天明。」

「我挑水挨磨吧！」李三娘委屈地說。

肚子日漸挺大，三娘依然被迫做苦工。而終於有一天，一陣強烈的疼痛，她在磨房裡，生下一個男孩。

「嫂嫂，借我一把剪刀，我要剪小孩的臍帶。」

「哎呀，真不巧，剛好給小偷偷去換糖吃啦。」

李三娘橫了心，找一件舊衣服，自己把嬰兒身上的血跡擦乾淨了，又用牙齒咬斷了孩子的臍帶，然後，她欣慰地看著孩子：

「你的名字，就叫咬臍郎。」

第三天，嫂嫂來了。

「喲，好漂亮的小子，」她親親熱熱地抱著小孩，「叫舅媽，喂，叫舅媽。」

趁人不注意，她把孩子抱出門，往荷花池裡一擲。好在李家有個姓竇的老佣人，他偷偷注意這些事已經很久了，所以及時救起了孩子。

「三娘，孩子在這裡養不下去了。我聽說劉官人在太原并州，我就抱著孩子替妳把這劉家的骨血送去吧。」

「才三朝的孩子，沒有奶吃怎麼活啊！」

「我一路走去，看到有婦人餵奶，我就跪下來，替小官人求一聲情，我就這樣一路跪到太原，把孩子交到劉官人手裡。」

三娘步下床來，恭敬地一拜。

「竇公，你的大恩大德，我們母子一生不敢忘。」

就這樣一路乞求，竇公終於把孩子送到劉智遠手上，新夫人很覺意外，但也決定把孩子留下來撫養。

十六年過去，孩子長大了，跟著父親學得一身武藝，他從來不知道自己另有生母——而他的生母仍住沙陀村李家莊，她的歲月始終沿著那口石磨，日復一日地重複著、消耗著。

多年平靖的局面，最近因為有草寇作亂而熱鬧起來。劉智遠終於有機會去建樹功勳了。多年的夢想實現了，他差人去老家瓜園裡取了寶劍盔甲，一舉滅賊，朝廷封他為「九州安撫使」。

春天來了，「咬臍郎」跟著一批少年去打獵，一路上駿馬鮮衣，騰雲駕霧一般，不知不覺就走遠了。

這一天，「咬臍郎」為了追一隻白兔，直追到沙陀村的一口井旁。白兔不見了，只見井邊一個悲苦的婦人。

「十六年了，」婦人嘆氣，「井水都給我打枯了，我的淚卻流不完……」

「妳有看到一隻白兔嗎？」咬臍郎一心只想問那隻兔子。

「沒有。」

「咦，妳看來也像好人家婦女，怎麼蓬頭赤腳的。」

「這雙腳，也曾穿過繡花鞋。」

「妳是挑水的嗎？」

「父母在時，我從來不挑水。」

「誰把妳欺負成這樣?」

「我的哥哥嫂嫂。」

「妳沒有丈夫嗎?」

「啊,」說起丈夫,她流淚了,「他是九州安撫使,劉智遠,我們有個兒子叫咬臍郎。」

「哦?」咬臍郎震驚了,但他分明是有母親的,他不敢貿然相認,事實要回去問個清楚才好。「婦人,我回到軍中代妳查問一下,我會給妳帶消息來的。」

「多謝小官人!」說著,她深深地拜了兩下。

咬臍郎感到一陣天旋地轉,居然兩度摔倒在地。奇怪,這婦人是誰?他真受不起這婦人的一拜嗎?

回到家裡,父親一直追問他打獵的成績,他卻急於向父親形容那個蓬頭赤腳的井畔婦人。

「這在九州安撫大人府中安享榮華的是誰?難道她不是我母親嗎?」

「她是撫養你的。」

「那,井邊受苦的女人是誰?」

「她是你親娘。」

「爹爹,你是如此忘恩負義,不念糟糠妻子的嗎?我的母親在那裡挨磨挑水,你們在這裡富貴榮華。父親，你今日不接親娘來，我做兒子的只有惶愧一死。」
這樣一鬧，岳秀英知道了，她也同意接李三娘來同住。
劉智遠穿了尋常衣裝，悄悄去探望妻子。
「我曾說，不發達，不回家，」劉智遠感傷地說，「但要發達，要做人上人，又談何容易，我真是身不由己啊！」
「都十六年了。」抱怨嗎？還是認命？也許都不是，只是夫妻間的閒話一句。
「那天，妳碰到的少年妳猜是誰——就是我們的孩子咬臍郎啊！」
「我也有點感覺，他那天還叫人代我挑水呢！他長得真端整……」說起孩子，她的記憶忽然鮮活起來，井邊的任何一個小動作都想起來了。
「我現在管十五萬官兵呢！」
「唔——」有什麼分別？就她而言，回來的只是劉郎，她的丈夫。
臨走，他留下三顆金印。
「三天之內，我會帶著人馬，全身披掛，正式來接妳，到時候，有恩報恩，有仇報仇，我一定會來，那三顆官印比我的命還重要呢！」
其實，也沒什麼信不過的，十六年前，什麼憑證都沒有留下，她已經相信了。但如今捏著三顆官印，使她覺得甜蜜。

明天，或者後天，他會回來，那時會有儀仗鼓吹，會有鳳冠繡鞋，會有大而舒服的轎子，會有令小小的沙陀村李家莊掀翻天的場面。三叔和竇公會有報償，哥哥嫂嫂會受到處罰，這一切，夠這小地方的人興奮地說上十年八年也說不完……

但抱著三顆猶溫的金印，她寧可咀嚼劉郎今晚秘密微服夜訪她的這份私情，夠了，夠好了，一切都好到最好的程度了。

夜深了，三顆金印猶自在她手心裡沉沉地暖著。

拜月亭

元・惠施

一般認為作者是惠施，但也有學者認為證據不足。惠施字君美，杭州人。生年不詳，約卒於元末。《拜月亭》內容與關漢卿之《拜月亭》全同。《錄鬼簿》上記載謂他：「居吳山城隍廟前，以坐賈為業，每承接款，多有高論，詩酒之暇，惟以填詞和曲為事。」

一眼望去，整條路上都是哭娘喊兒的悽慘難民。蒙古的鐵甲大軍南下，金兵抵抗不住，朝廷整個南遷。

但不管蛟龍如何纏鬥，受苦的永遠是小魚小蝦。

苦雨又沒完沒了地落著，對那些倉惶出走、身無長物的小老百姓而言，更增加了他們的狼狽。

瑞蘭和母親也跟著隊伍往前蹭蹬（ㄘㄥˋ ㄉㄥˋ cèng dèng），身為兵部尚書的夫人和女兒，她們幾曾受過這樣的苦？雨把她們全身淋得透濕，她們小巧的金蓮本來只適合養在繡花鞋裡，現在卻在泥濘中，像爬地獄裡的油滑山一般，使她們每一步都痛徹心脾，精緻的繡花鞋此刻已是分不清鞋底和鞋幫的爛泥團。

可是，路還是要走下去的，父親匆匆丟下她們，做人家的臣子在危急的時候是沒有權利顧家的。

忽然，混亂中衝過來一股人潮，有人跌倒了，有人的東西散落一地，有人被人馬踐踏，有小孩惶惶大哭。

「娘！」瑞蘭忽然驚恐地尖叫起來，她站不住腳，身不由己地往前衝個不停，糟糕了，這一衝，亂七八糟的隊伍裡又去哪裡找娘？

「瑞蘭！」王夫人也焦急欲死，但吵嘈的人群裡，每個人都在呼叫自己的親人，每個人卻都聽不清那些淒厲的聲音到底叫些什麼？

「瑞蘭，妳在哪裡？」天漸漸黑了，王夫人憂心如焚地繼續尋找女兒，兵荒馬亂，她不敢想像年紀輕輕的瑞蘭一旦走失，會受人怎樣的欺負。

忽然，一個女孩急急地穿過人群到她面前。

「瑞蘭，妳——」忽然，她停住口，「啊，妳，妳不是瑞蘭——」

「我，我聽錯了，我以為妳在叫我。」女孩滿面淚痕，滿眼悽惶，卻不失其文靜嫻雅。

「妳是誰？」

「我叫蔣瑞蓮，剛才跟我哥哥失散了。」

兩人把話說清楚了，瑞蓮卻趦趄著，好像沒有走開的意思。

「唉，也算是緣吧！」王夫人嘆了一口氣，「我們就作伴一起走吧，妳就算我的義女好了，我們一邊走一邊找瑞蘭吧！」

而在這千里綿延的人潮裡，另有一個人正在高聲叫著瑞蓮的名字，命運卻把一張美麗倉惶的女孩的臉孔帶到他面前。

「你，你為什麼叫我？」

「我叫的不是妳，我在找我妹妹蔣瑞蓮——妳也叫瑞蓮嗎？」

「我叫瑞蘭，我跟我母親走失了。」天愈來愈黑，她從來沒有在這樣陌生的地方跟陌生男人談話；但四下的環境那樣險惡，而眼前這個男子看來還算溫和英俊，一副讀書人的斯文模樣，何況他還在那樣友愛地尋找自己的妹妹，如果母親一時找不到，跟這個男子在一起也許不失為一個辦法，……

但他似乎急著走開。

「秀才……你……帶著我一起，好嗎？就，就當我是你妹妹瑞蓮。」

「不行啊，別人看了也不相信，我們兩個人的口音完全不一樣啊！」

「那，那姑且說——」

「姑且說什麼？」

「姑且騙人說是夫妻。」瑞蘭整張臉都紅了起來。

「好吧！」他不露聲色地應了一聲，顯得非常君子。

其實，他一直在想辦法讓她說出這句話來，從第一眼看到這個女子，他已經偷偷喜歡上她了。

兩個人都不識路，只知道一路往南逃。這一天，他們經過一座虎頭山。

「這山好險惡啊！」瑞蘭直覺的有些害怕。

「喂！留下買路錢！」果真有一群強盜從草叢裡跳出來。

「錢？我們自己都沒有了，哪裡還有錢給你？」

「這是我們虎頭山的規矩，沒有錢別想我們饒過你！」他們一面說著，一面露出明晃晃的兵器。

「啊，我蔣世隆空負才學，竟然會不明不白地死在這種荒山野嶺上嗎？」

「什麼，」強盜頭目忽然走下位來，「你說你姓什麼？你抬起頭來我看看——哎呀！真是哥哥，恕小弟無禮。」

他說著趕緊上來鬆綁，蔣世隆倒是呆了。

「你弄錯了吧！」

「不，哥哥忘了，我是陀滿興福啊！那時皇上聽了聶賈列那老賊的話，要避開蒙古兵舉國南遷。我父親主戰反被當作奸臣，一時殺了陀滿家三百口。我因在外，算是逃了命。那時全國貼著我的圖形要緝拿我，我藏在哥哥府上的花園裡，躲過追捕。後來哥哥發現我，寧可不要懸賞，也要護衛忠良之後，蒙哥哥不棄，跟興福結成異性兄弟……」

「是的，是的，我想起來了，可是你的樣子變了，我不認得你了——」

「連我也不認得我了，沒辦法，走投無路，也只好落了草。說也奇怪，這裡本來有五百人眾，有一天，他們發現山裡有一頂金盔，大家就相約誰能戴得上誰就作王。不料那金盔很特別，人人都戴得頭疼腦脹，沒想到我路經此地被他們拿住試戴，居然這頂金盔讓我戴起來，就像訂做的一樣合適，所以，所以……哥哥身邊這一位是——」

「是——是我渾家。（註：渾家即妻子）」

「啊，嫂嫂。」陀滿興福深深一拜。「失敬了。」

瑞蘭的臉色有著顯然的厭惡。

「你哪裡搞出這個賊兄弟？」她氣呼呼地耳語，「我不喜歡。」

雖然蔣世隆很君子風度，兩個人一路上也很清白，但不知不覺，她竟管起對方的事情來了，像一個真正的妻子。

「他其實是個人才。」

「我們走吧！」她的態度很強硬，而且說「我們」也說得很自然順口。

「兄弟，沒想到在這裡遇見你，」蔣世隆站起來，「但我們還要上路，後會有期了！」

「哎，哥哥難得遇上了，竟不住住嗎？呀——一定要走嗎？也好，但是這包東西哥哥一定要收下，這裡是黃金百斤，別推了，路上總用得著的。」

他們一起走下山來，蔣世隆沒有想到自己會這樣聽瑞蘭的話。

進貢的問題解決了，蒙古軍班師回朝去了。眼看著，日子又要平靜下來。蔣世隆身上剛好又有了這筆盤纏，這天，他們投宿在一間乾淨的小旅館裡。晚上，兩個人各喝了一點酒。

「我是個讀書人，家道平平，因為父母喪服未滿，不能去考試。」蔣世隆不知不覺說了很多，「我想，我總有一天會出人頭地的。」

瑞蘭低著頭不說話。

「嫁給我吧！」蔣世隆誠懇地說，「我不要和妳做『名義上的夫妻』。」

「不行。」瑞蘭的聲音很決絕，「絕對不行。你送我回去，我欠你的恩情，我父親自會付給你金銀。」

「我要金銀做什麼？我要妳啊！」

「我叫爹爹給你一個官做。」

「『給』我一個官？你爹爹是誰？我一路上倒沒問妳。」

「我爹爹啊，說起來，要是在平時，我家裡不但沒有你同坐同行的分，就是連你站的地方都沒有呢！他就是當今的王尚書啊，我是個守禮謹嚴的千金小姐。」

「喲，守禮謹嚴的千金小姐怎麼跟個窮秀才亂跑呢？」

「你說這話什麼意思？」瑞蘭提高嗓門，「還不知你自己的妹妹現在跟個什麼樣的野男人在亂跑呢！」

蔣世隆講不過她，只好沉默下來，過了一會，他又試探地說：

「一路上，妳不覺得嗎？我們看起來真像一對好夫妻，別人看著順眼，我們自己也覺得自然，對不對？」

「你真要娶我，先送我回家，跟我父母正式提親。」

「時局太平了，逃難的日子過去了，如果不立刻結婚，我只怕我們的緣分立刻就要盡了。所謂侯門深似海，妳一回去，誰知道我們還能不能再見面呢？我們一起度過傷心哭泣的夜晚，我們一起走了那麼遙遠的路，我們一起從賊窩裡撿回性命，我不要等，我們今晚就簡簡單單地結婚吧！」

「不要！不要！你為什麼不為我想，你找媒人提親，我尚書千金的節操名聲才好保得住啊！」

「小姐，妳太天真了。」蔣世隆有些不耐了，「妳跟著我跑了這麼久，誰會相信妳是清白的？」

兩人的聲音愈說愈高，終於吵了起來，客棧主人及時跑來勸架，這個世事練達的老人，立刻就明白了整個事件。他跟小姐分析事情的利害，說得頭頭是道，事情於是有了急轉直下的改變，客棧主人當晚就做了主婚人，把一對相愛的男女撮成夫婦。

長期的苦撐，一旦鬆下來，蔣世隆忽然病了。接著發生更不幸的事，那天，瑞蘭忽然發現一個人，身影很像家中的小廝，她試探地叫了一聲：「六兒」，沒想到竟真的是他，六兒立刻告訴老爺，原來王尚書這天也歇在這家客棧裡。父女重逢本來是好事，但驕傲的王尚書看到女兒竟私自跟個毫無功名的窮秀才在一起，便生氣地把女兒強拉走了。

蔣世隆躺在床上病得奄奄一息，眼睜睜地看著岳父把妻子帶走了。

回到家中，一切如常，瑞蘭仍是尚書的千金小姐，唯一不同的是家中又添了個年紀相若的妹妹。兩個人在同一個房簷下為同一個男人而悲傷，而他們彼此卻不知道。

更深夜靜，瑞蘭在花園裡設下香案對月祈禱，求月亮保佑蔣世隆早日康復，並且夫妻早日團圓。瑞蓮發現了，一定要她說出全部的故事，才發現兩個人竟是姑嫂。

時局太平了，科舉又恢復了，全國的文武人才都躍躍欲試，陀滿興福在朝廷的赦令下解散了強盜窩。更幸運的是，皇上終於了解陀滿當年的忠貞，而不再追捕陀滿興福了。他一路打聽蔣世隆的消息，終於在旅館裡碰了面。

「快把你的書溫一溫吧，」陀滿興福說，「我們一起走，我考武的，你考文的。」

興福來得正是時候，忠實的友誼彌補了愛情割傷的裂口。兩個人一起到了京師，並且雙雙奪得文武狀元。

「這次戰事，皇上認為我很有功勞，」王尚書把夫人和兩個女兒叫到面前，「皇上很關心我們家沒有兒子，所以說了要把今年開科的文武狀元招為我們家的女婿。這是朝廷恩命，太難得了。」

「爹爹，女兒是已經結過婚的人了，不管文狀元、武狀元，女兒都不能再嫁。」

「爹爹，」瑞蓮也說出了她們的秘密，「姊夫也就是孩兒的長兄，想必他也參加這次考試，指日就要出人頭地的。」

王尚書哪容得她們說話，他逕自叫媒人去找兩位狀元探消息去了，武狀元很高興地接了絲鞭（註：接絲鞭即指接受了婚約），沒想到文狀元卻很固執。

「我是結過婚有妻子的，我在磁州廣陽鎮的客棧裡結的婚，我的妻子被岳父王尚書硬帶回去了，可是，她還是我的妻子啊，我不能再娶！」

可是陀滿興福卻聽出一點可疑。

「你說嫂嫂被王尚書帶走了，而現在這一位要招你做女婿的正好又是王尚書，這是怎麼回事呢？」

媒人第二次出現的時候，說話的口氣又有所改變了。

「王尚書說，婚姻的事暫放一邊，明日請蔣先生到尚書府中飲一杯水酒。」

既然是小宴，就不便推辭了。

席間蔣世隆堅決不答允婚事，儘管王尚書搬出「皇上的好意」，蔣世隆卻堅持自己只要那個被「另外一位也是王尚書的人帶走的妻子。」

而屏風後面，蔣瑞蓮再也忍耐不住了。

「哥哥！」她跑了出來，又把她的姊姊——也是她的嫂嫂——一起拉出來。一家又哭又笑地說個沒完。

那一對義兄弟成了連襟，那一對乾姊妹成了妯娌，而王尚書一時弄不清自己是棒打鴛鴦，或是成其好事的人。

在逃難的雨夜裡走散親人的悲傷往事，現在回憶起來竟也非常甜蜜了。因為王家多撿了一個女兒，而蔣家白撿了一個媳婦。人間事，有時竟會錯得這樣好！

殺狗記

明・徐畛

作者徐畛，字仲由，明淳安人。其散曲作品，出詞俊雅，嘗自謂：「吾詩文未足品藻，惟傳奇詞曲，不多讓古人。」有學者甚至因此懷疑《殺狗記》語句卑俗，可能非徐氏作品，但戲曲在當時是一種大眾文學，語句平俗往往是必要手段。

相同的《殺狗記》故事，元代的蕭德祥也寫過。

孫榮艱困地把一隻腳從雪地裡拔出，站穩了，然後去拔另一隻腳。開封的冬天冷得滴水成冰，每一家人都緊閉著門，對行乞的孫榮來說，日子是更難過了。從早晨到現在，什麼都沒要到，衣服是單寒的，肚子是空虛的。

自從被哥哥孫華趕出來，已經幾個月了。哥哥跟兩個「賽關張」的兄弟結義，那兩人叫柳龍卿和胡子傳，每天像演雙簧一樣，唱作俱佳地一同哄著他。他們好酒喝盡，好菜吃盡也好話說盡，柳和胡兩人混得肥肥飽飽，孫華呢，滿足了他自己的虛榮心和英雄感。

但柳和胡卻一直提防著孫榮，唯恐孫華一旦頭腦清醒就會更關照自家骨肉，而疏遠他們。經過他們不停地挑撥，再加上耿直的孫榮還傻乎乎地不斷去勸諫兄長，沒幾天，就被趕出家門來了。

除了哥哥在盛怒中擲出來的幾本書，孫榮竟一無所有。哥哥每天美酒肥羊，而孫榮只能沿門乞討，討到一口飯吃了，就回去寒窰裡讀書。

今年的冬天真是特別冷，孫榮一面走一面想著父母在時，那些在爐火裡烤栗子的往事。

忽然，朦朧中他絆倒了。絆倒他的不是樹枝，是個凍得半僵的醉漢。

「唉，何必喝得那麼醉，結果倒在雪地裡，你分我一杯喝不好嗎？」

醉漢太重，他沒法處理，只好去叫左鄰右舍。

「開門啊！開門啊！幫幫忙啊！」

別人以為孫榮又來要飯，把門關得更緊了。

「我不是來要飯的，有個醉漢倒在雪裡，大家生個火救他一救啊！」

怕事的人家聽說有這種倒楣事，索性連燈也吹了，來個相應不理。孫榮沒辦法，只得自己去背，他拚著瘦弱的身子，把醉漢先拖到人家的屋簷下，擦掉結凍在他臉上、身上的冰雪。忽然，他吃了一驚，原來醉漢不是別人，竟是自家的哥哥。

就是這人，把家產霸住，和惡人享用；就是這人，把自己一文不名地趕走。二個月前如果不是一位陌生人相救，自己已經走投無路地跳水了。而這個人此刻卻在他手中，要不要管他的閒事呢？孫榮沒有細想，只是焦急地、本能地背起他，往家裡走去。嫂嫂楊氏和侍妾迎春開了門，孫榮放下哥哥，連一碗飯也來不及吃，孫華已經醒來了。

「我藏在靴子裡的白玉指環和二錠銀子呢？」他惡狠狠地轉過來看孫榮，「我說你怎麼會那麼好心，原來是你偷的。」

「小叔是讀書人，不會做這種事的。」楊氏在旁邊勸說。

「你們女人三綹梳頭，兩截穿衣（註：指穿衣裙而非男性的長袍），懂個屁。」孫華暴跳如雷，「叫他滾，否則我一棍子打死他！」

孫華急忙逃回寒窰去——今年冬天真是冷極了。

「哈，我們這一票幹得真漂亮。」柳龍卿和胡子傳樂得眉開眼笑，「我們昨晚趁孫大醉了，掏走他的東西，沒想到他全賴在孫二身上了，真是好啊！」

「是呀，咱們運氣好，連上天都來保佑我們。」
「好啦，我們兩人趕快來分錢是正經。」
「昨天大哥跟人買白玉指環，咱們從中弄到一錠銀子介紹費，然後，我們從他靴子裡拿了二錠，總共是三錠。這指環既是七錠買的，我們仍舊七錠賣了，總共得現錢十錠——但是我們別分，我們拿去放高利貸，十年之間我們可就賺成大富翁啦。」
於是，二個人盤算起來，十錠銀子一年變二十錠，二年變四十錠，三年八十錠……十年一萬二千四百錠！
「喲，那真成了大財主了！」
「我們來試試看做財主怎麼做法。你先來，你有錢了，是怎麼個排場？」
兩個人正演練得熱鬧，白玉指環啪一聲摔碎了，兩個人正想動手分現銀，又被巡邏的當夕徒捉住，銀子也被沒收了。
而在孫家，楊氏、迎春和老僕人吳忠都憂心如焚，眼見主人這樣荒唐，他們不曉得怎麼辦才好。吳忠甚至偷偷跑到寒窰去，把自己的十貫錢送給二東人使用。
「妳為什麼這樣？」迎春也為寒窰中的孫榮向楊氏請命，「小官人快餓死了，妳反正管著家裡的錢糧，給他送些去，大員外又不知道，怕什麼？」

「話不是這樣講，俗話說：『男無婦是家無主，婦無夫是身無主』，所以『男子是治家之主，女子是權財之主』，我如果偷偷送錢給小官人倒也不難，但所謂『家有一心，有錢買金；家有二心，無錢買針』，我現在最急著做的是把員外勸得回心轉意，那才是真正解決的辦法。」

「可是，怎麼才能勸得動他呢？」

這一天，孫華在家裡看書——這是太難得的事了，可是人心裡不正，看書其實也沒有用處，他看來看去，看到曹丕、曹植不和的一段，竟像得到證據一般。

「嘿，我說嘛，古人也有弟兄不和，彼此看不順眼的！」

「我看的一段倒跟你不同。」楊氏說，「我看到的是楚昭王的故事，有一次他在急難時踏上一條船，船上有弟弟、妻子和孩子。船到中流，風浪大作，駕船的說，必須要有人跳下去，否則全船都會沉。結果他弟弟一再要跳，他卻一再拉住，反而默許他的妻子和孩子跳下去了。」

「我看到的一個更有意思，」迎春也插嘴道，「有一對異母兄弟，哥哥叫王祥，弟弟叫王覽，王覽的母親想謀害王祥，便叫他到海洲賣絹，王覽回來知道了，便偷偷去追哥哥。果然不出所料，追到蒼山，只見強盜已把王祥抓去，那王覽跑上前去，口口聲聲要替哥哥死，王祥絕不答應，兩人爭死爭得強盜慚愧起來，於是放了二人，又放了一把火，燒了山堡，人人回家孝養父母去了。」

「哼，」孫華聽完了，忽然會過意來，「妳們少在我面前說今道古，我知道妳們的詭計，妳們想來說動我，告訴妳們，休想！」

而在另外一個舞台上，也有人在計劃說動人。

那是在寒窰門口，柳龍卿和胡子傳打算去找孫榮。

「咱們的命真不好，好容易偷了白玉指環又打破了，銀子也給沒收了，現在我想到個好辦法，」柳龍卿說，「咱們去煽動孫老二告狀，告孫老大獨吞家產，然後，我們再兩邊做和事佬，趁機敲些中人跑腿的錢。」

兩人都覺得此計甚妙，於是一起叩起柴門來。

「我們既是你哥哥的兄弟，也就是你的兄弟啦！」柳龍卿表現得無比親熱，「看你住在這種地方，又憔悴瘦弱成這副樣子，我們真是於心不忍啊！」

「多謝了。」

「我且問你，」胡子傳滿臉關懷，「你哥哥的錢是他自己掙的，還是祖上留下來的？」

「是祖上留下來的。」

「哎呀，那你真是傻瓜，」兩個人一起驚叫起來，「我們還當是他自己掙的呢，既然是祖上留下，你也有一半的份，憑什麼你受苦他享福，連我們都為你不平了。」

「我教你，你去告他，我們來作你的見證人！」

「你們看錯人了！」孫榮氣憤地站起來逐客，「你們表面上同我哥哥好，現在卻又來挑撥我告哥哥，你們的企圖到底何在？告訴你們，我孫榮餓死不告哥哥，窮死不恨哥哥，我只恨挑撥他的人！」

兩個人只好氣狠狠地走了。

清明時節到了。

為了避免衝突，一大早，孫榮把乞討來的一疊紙錢和半瓶淡酒，帶到父母墳前祭拜。等孫華來的時候，孫榮已經走遠了，孫華為此也生氣，氣他敢搶在長兄之前祭父母。

這時候，善獻殷勤的胡子傳和柳龍卿也跑來了。

「既然結了義，」兩人拍著胸脯說，「你的爹娘就是我們的爹娘啦！」

三個人正在拜祭，柳龍卿忽然昏厥倒地，然後，從他的喉嚨裡發出一種低沉的老人聲音。

「我不是別人，我乃孫豪是也。」

「哎呀，」孫華大驚，跪在地下，「這是我爹爹啊！爹爹，您有什麼吩咐？」

「孩兒，」那聲音說，「要好好對待你這兩位結義的朋友，要不是他們，你的命險些都不保了。」

「是。」

「給他們一人蓋一幢房子，討一個老婆。」

「是。——對了，爹爹，今年田地有收成嗎？」

「有種就有收，不種就沒收。」

忽然，柳龍卿猛一抽筋，坐了起來。

「你剛才怎麼啦？」胡子傳問。

「不知道，只知道一陣麻，我就什麼都不知道啦！」

「我爹爹剛才附在你身上呢！」孫華說。

這一來，孫華更看重這兩個弟兄了，於是三個人就坐在草地上吃酒。

「員外，你好，怎麼今天不見二官人？」

孫華抬頭一看，來的是王老實，這人是孫家祖上三代的老管家，今年九十三了，家裡五代同堂，百口共食，人人都很尊敬他。孫家這一帶祖墳田莊，多年來都虧他照顧。

「他不聽話，被我趕走了——咦，你手上拿的是什麼？」

「唔，沒什麼，一幅勸世圖。」

「那是棵桑樹嗎？」

「不是，你聽我說，這是棵紫荊樹。從前有田家兄弟三個人，大家都立志和和氣氣、相親相愛地住在一起。他們一起指著院子裡的紫荊樹起願，說，除非紫荊樹死了，他們絕不分離。紫荊樹長得很好，看來是不會死的。結果呢，田三嫂暗下毒計，用長針針樹，用滾水澆樹，樹竟給她弄死了。田家三個兄弟抱樹大哭，結果，感動了神明，降下甘露來，把紫荊樹又救活了，紫荊樹又開得滿樹繽紛，三個兄弟再也不肯分開了……」

「咦，是誰叫你來的，你分明想來點化我，是孫榮嗎？」

其實，請他相勸的是楊氏，可是，這一次又失敗了，更不愉快的是，二個壞蛋居然威脅著要打這位九十三歲、極受鄉里尊敬的老人。

「我還有最後一個辦法。」楊氏對迎春說，「妳問隔壁王婆買她那隻狗來，就說我生病，需要一個狗心來合藥。」

她們買好了狗，殺了，然後找一套衣服來，給牠穿上，趁著天黑，丟在後門口。

半夜裡，喝得醉醺醺的孫華回來，拍打前門，楊氏假裝睡了，不去開門，孫華只好繞到後門來。

天極黑，他跌了一跤，及至爬起來，只聞到兩手沾得黏黏的，全是血腥氣。

「禍事了，」他氣急敗壞地叫醒妻子，一身酒意全嚇醒了，「不知道什麼人殺的人，竟推到我們家後門口，我們脫不了關係了！天啊，怎麼辦啊？」

「別急別急，我有辦法，去找胡子傳、柳龍卿兩位『賽關張』，他們一向很義氣，一定肯替你埋起來，真要有禍事，他們也會替你頂罪的。」

「對了，我想起來，他們有一次酒後真的說過，他們說為兄的如果殺了人，別說一個，就是十個，他們也替我頂。」

他跑去找柳龍卿。

「沒問題，我去拿根繩子就走。」

忽然，他聽得房子裡一聲慘叫。

「不行啦，大哥，我從小就有心臟病，這一驚，心臟病又發作啦，你別叫啊，越叫我發作得越厲害啦！算了，你回去吧，明天我會去探監。」

他又趕快去找胡子傳。

「到底有幾具屍首？」

「一具。」

「哎呀，那算什麼，瞧你嚇得這副樣子，我去找個破草蓆，包他一包，往河裡一扔就沒事了。」說著，他表現了一個誇張的丟屍體的動作，「哇——不得了，我閃了腰了！——喔喲——喔喲——好痛，我一動也不能動了，你走吧，我明天會去看升堂的。」

「唉，沒想到那兩個人是這種人，」孫華垂頭喪氣地回來，心頭急得像火油煎的一般，天快亮了，天亮事情就更麻煩了，「妳快幫我想辦法，我快完蛋了。」

「我哪裡有辦法，你不是說我們女人三綹梳頭，兩截穿衣，懂個屁嗎？」

「妳不想法子，我就去投水算了！」

「你還說我們女人只管門內三尺土，哪管得門外三尺土。你還說只有雄鷄報曉，哪有母鷄司晨的話——」

「唉，妳的記性也不必這麼好啊，妳不能見死不救啊！人家說：『妻賢夫禍少』啊！」

「好吧，我跟迎春陪你去找小叔叔，你一個人去他恐怕不會開門，他被你打怕了。」

到了寒窰，三個人把話說清楚，孫榮立刻著急地說：

「呀，哥哥事不宜遲，快動手吧，天要亮了。」

摸著黑，他匆匆忙忙把那團血肉模糊的東西抱到城南沙土裡去埋了。埋完了，他匆匆地要趕回寒窰洗掉滿身血腥。但這一次，孫華不讓他走了。

「弟弟，留下來吧！我現在分得清誰是親的、誰是疏的了。」

故事還有個因禍得福的尾聲，第二天早上，那兩個無恥之徒居然厚著臉皮來探虛實，孫華再不理睬他們了。

「你居然敢不認我們，」兩個人惱羞成怒，失去了「結拜弟兄」這個好「職業」，使他們頓無蔭庇了，「咱們走著瞧，我們去告你殺人滅跡。」

好在開封府尹清明如水，他先聽孫榮搶著認罪，已覺可疑，及至楊氏出面說明，把王婆叫來對證，又派人去城南挖出了穿著人衣的狗屍，終於真相大白，化憂為喜了。這一來，開封府尹決定奏上朝廷，表揚一下這個既聰明又賢慧的女子，因為她敦親睦族，維護了良好的社會風氣。她得到光榮的金冠霞帔，封為賢德夫人。孫榮是個恭敬事兄的讀書人，他得到陳留縣長的職分，以愛兄弟之心去愛天下人，相信他會是一個很好的官。孫華靠著妻子和弟弟，很幸運的也得到了一份官職。至於那兩個「賽關張」呢？卻各挨了一百板子發配到邊疆充軍去了。

琵琶記

元・高明

作者高明，字則誠，元末浙江溫州瑞安人，曾任官浙江、江西、福建等處。

本劇原戲文採對照法描述，時而富貴溫柔之鄉，時而淒涼潦倒之地。一般人皆認為《琵琶記》是所有明代初期傳奇中成就最高的作品。明太祖也極力讚美此劇，說「四書五經，就像米麥五穀，家家必須有；《琵琶記》則是奢侈美好的珍饈美味，富貴人家不可缺。」

火毒毒的太陽照著陳留縣一片焦乾的土地，一條條裂縫像受了傷合不了肉的疤口。蔡婆子蓬頭散髮，坐在大門口，呆望著旱田，毫不羞恥地號啕大哭起來。

「死老頭子！你怎麼不死啊？我說了不要讓兒子去考功名，我們眼見是黃土埋脖子的人了，還指望什麼富貴？你偏逼著他去！你偏逼著他去！死老頭子，你的心是怎麼長的啊，咱們通共才這一個兒子，你的心是怎麼長的啊！」她愈說愈傷心，乾脆拚著一張老臉不要，罵得更大聲了，「兒子不肯去，你還罵他沒出息，戀著剛結婚的老婆的被窩，好，他給你逼走了，你可趁了心了！唉，唉，現在兒子一去不回，千山萬水，也不知是死是活？又碰上荒年，如今要活也沒有活路，要死，眼前也沒個送終的人……」

「我又不是神仙，我怎麼知道會碰上荒年？」老頭子終於憋不住，爆了出來，「兒子念了書，不去考試怎麼能有出息？兒子要是能披紅掛綠，掙個富貴功名，也是光宗耀祖的事。妳婦道人家沒見識，還在這裡胡扯。」

「我的兒啊！」蔡婆子跺腳捶胸，「我的兒啊！我的蔡邕兒子啊……」

「算了，算了，餓死也是死，吵死也是死，我看，我還是現在就死了算了！」

蔡老爹說著，便死命往牆上撞。

趙五娘匆匆忙忙跑出來，心裡又痛又急又羞，門口已經圍了一堆看熱鬧的人了。她左拉右勸，不知如何是好？又怕人言可畏，萬一別人懷疑是做媳婦的孝道不全，才惹得公公婆婆吵架尋死，又怎麼辦！

其實，公婆就這一個兒子，當時她也不贊成丈夫走的，但公公說的話又那麼難聽，她嚇得不敢開口，深怕一旦挽留丈夫，就成了蔡家的罪人。而今丈夫一去二年沒有消息，她心裡難道不急？卻又不敢開口，表面上她一直安慰公婆說蔡邕有才學，一定能「直上青雲」，目前也許只是一時找不到合適的帶信的人，但她心底卻在暗暗擔心，長期的飢餓遲早會讓兩老「身歸黃土」。

好容易把兩人勸平了，但同樣的事，誰敢說下一刻會不會重複發生呢？她感到身心俱疲。公婆氣了，可以彼此互罵，但她呢？

她，坐在窗前，望著滿園徬徨無主的春色而悵然。她，京師裡出名的美人，牛丞相的獨生女兒，多少人為她痴迷，家裡的門限都快被媒人踏破了。而此刻，在深閨中，她悲傷地坐著。

「爹爹這人也太要強了，早些年就訂下了非狀元不讓我嫁的怪念頭——可是現在卻聽說這位姓蔡的狀元不想娶我，爹爹居然用前途問題威脅他！結婚要靠姻緣啊，這樣逼來的丈夫將來怎麼處得好呢？」

可是，爹爹的主見那麼強，他一看到那個叫蔡伯喈的狀元，就堅持非把他拉來做女婿不可。改變爹爹是不可能的了。

她抑悶地坐著，為自己不可知的未來而惴惴然。

聽說官廳放糧，趙五娘趕忙去排隊，可是那些貪官污吏，平日早把倉庫裡面的糧穀偷得差不多了。現在上面規定施糧，大家也就虛應故事發個意思意思就算了。

輪到趙貞女，糧食沒有了。看她哭得可憐，上級官員命令守米倉的官要賠一份糧出來，可是，走不了幾步，黑心的官吏又把那包糧食搶劫回去了。幸虧善良的鄰居張太公出面，給了他們一小袋糧食，日子才算又維持幾天。唉，能捱幾天就幾天吧。

是的，能捱幾天就幾天吧，蔡邕心裡想。至少，在走入丞相府之前，他還有短暫的自由。

自從到了京師，考取了狀元，不知為什麼，竟被牛丞相看上了，有些事情，和他那樣有錢有勢的人是講不通的。

「笑話，他不肯？他瘋了？遍京師的王侯子弟，誰不想做我牛丞相的女婿，他到哪裡去找像我這樣的岳父，像小姐這樣的妻。哼，我就是看上他了，我們這種門第還容得了他拒婚！等皇帝御旨下來，他不肯也得肯。」

「大不了我辭官不做，」蔡邕憤然地告訴媒人，「我不要做官，這總行吧！我回家去養我的爹娘。」

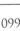

「沒有那麼簡單，」媒人詳細地分析給他聽，「牛丞相的性子你是知道的，他是皇帝跟前的人，他要皇帝把你留在京裡做官，你就回不了家。你辭官，皇帝不准，你有什麼辦法？而且，皇帝出面，要你跟牛小姐完婚，你能抗拒御旨嗎？你要回家奉養白髮爹娘，奇怪？為什麼到今天才想起來呢？晚啦！你千里迢迢跑到這地方來，不是圖功名是圖什麼？功名路不上便罷，上了，哪由得你？」

「我家裡還有結髮妻呀！」

「那鄉下婆娘怎比得上牛府的千金小姐？」

原來功名的滋味竟是這樣的，原來披紅掛綠的狀元竟是一個空架子，原來十年寒窗掙來的，只是一個資格而不是一個位置。而如果你想要謀得一席之地，你還得另走門路。

人生竟是這樣不自由嗎？為了父母，他必須拋棄妻子，遠離故鄉來赴選場。而現在，為了牛丞相他又必須拋棄父母而再娶妻子。為什麼做人總是要順著別人？為什麼一個人不能遂自己的意願？人活著到底是為誰活，是為別人，還是為自己？

「哼，人活著，哪有不為自己想的？」這些日子來蔡婆子的臉更瘦削了，一張臉似乎只剩下紅絲絲的眼睛和一張乾癟深陷的大嘴，「老頭子，你注意到了沒有，前些日子，桌上還有兩盤下飯菜，最近幾天，這媳婦簡直愈來愈不像話，居然一樣菜也沒有了，叫人怎麼吃得下去？可是，每次吃飯，叫她吃，她不吃，過一會兒又看她躲在一旁吃，這年頭的媳婦真是不得了，居然把好東西藏起來自己偷吃……」

婆婆的話雖是耳語，但老年人重聽，兩人的話前房後廳都聽得清清楚楚，趙五娘也只好憋住一肚子委屈。

「我看，媳婦不是那樣的人。這種沒影的事，妳別瞎猜。」

「誰瞎猜？你給人蒙在鼓裡還不知道，我看哪，再過兩天，大概連飯也沒有啦。」

「妳自己不會看嗎？媳婦連自己身上的衣服，一件件都拿去典賣了來張羅糧食了，妳還要她一個女流怎麼辦啊……」

婆婆本來也算是個慈祥的母親，只是長期的飢餓把一家人的情感都撕裂扭曲了，再加上兒子一封信也沒有寄回來，她變得激動、多心而又易怒。

她一言不發，默默地去吃她的「好東西」，她沒有看到四隻監視的眼睛正尾隨著她。所謂「好東西」，放在暗室的一角，是一袋別人打穀子剩下來的粗糠。

「唉，糠啊，」她把糠捧在手上，「你和米，本來是在一起的，現在被篩子一簸颺，兩下就分了，從此米是貴的，糠是賤的，再也碰不了頭了。」

她忍耐著，吞下一口乾澀的糠。

「丈夫啊！你就是那米，我們在飢餓裡想著卻弄不到手的米。而我呢，我是這糠，在這裡勉強供人一飽的糠。」

她勉強嚥下第二口。

「妳在吃什麼？」公公婆婆忽然出現在她面前。

「我，我，我什麼也沒吃。」

「哼，休想騙我，妳明明在吃，」婆婆動手來搶，「我親眼看到的！」

她把碗搶到手，立刻往自己嘴裡送。

「不行啊，」趙五娘叫了起來，「婆婆，您千萬別吃！」

「為什麼不能吃？——咦，這不是糠嗎？妳把餵豬的東西拿來做什麼？」

「妳吃這個嗎？」蔡老頭的兩眼紅了，「這麼粗的東西怎麼嚥得下啊！」

「爹，娘，」趙五娘哭起來，「糧食不夠吃，我吃糠，可以省點糧食給您們吃，我是您們孩子的糟糠妻（註：即共患難貧賤之妻，古語有謂：「糟糠之妻不下堂」），糟糠妻吃糠也是該的啊！」

一對可憐的老人彼此望了一眼，忽然羞愧欲死。長期以來，他們背後懷疑這媳婦，現在才發覺原來她竟是這樣刻苦自虐，一心想孝養公婆……

「我什麼時候變得這樣刻薄多疑的？」蔡婆子悲哀地回想，「這種荒年不但把我餓得肉沒了，連一點仁心也沒了，我們本來也是知書達理的讀書人家啊。」

一股氣往上湧，兩個人都栽倒在地上。

「公公，公公，您醒醒。」趙五娘急得不知如何顧前顧後，「婆婆，您，您也醒醒啊！」

可是，婆婆沒有醒過來，她永遠醒不過來了。

是在夢中醒著呢？還是在醒中夢著？眼前是一大片爭紅競綠的大荷花池，華美的丞相府讓人如同置身仙境，但是，事情進行得多麼荒謬，在這裡，他重複了另一次婚姻，視另一個老人如父親。

婚禮中仍是拜天地、拜父母和夫妻對拜，陰陽先生站在兩人中間，以怪異的腔調向家廟裡面的祖宗報告：

「維大漢太平年，團圓月，和合日，吉利時，嗣孫牛某，有女及笄，奉聖旨招贅新狀元蔡邕為婿，以此吉辰，敢申虔告，告廟已畢，請與新人揭起方巾——」

這一切，像夢，而後，他就渾渾噩噩地住在這個有著大荷花池的丞相府裡來了。

而此刻，他獨抱一把「焦尾琴」，對著滿池清風而坐。

那焦尾琴原是一塊極好的梧桐木，被不識貨的人丟在灶裡當柴燒了。蔡邕當時剛好經過，看見木頭乾爽鬆脆的質地，聽到它被火燒時好聽的吱吱聲，趕快搶了起來，踩熄了火，挖空了，做成一把琴。因為尾段焦了，所以叫焦尾琴。

那段梧桐木算是幸運的，因為燒焦的只是一小截，它如今仍然是一把好琴。但自己呢？自己是一根整個燒著的梧桐，沒有人來相救，眼見得要消沉下去，燒成白灰。

他輕輕地調了一下絃，並且試彈了幾個音。奇怪的是絃聲彈起來盡是殺聲，連高山流水之音也充滿了凶惡的浪頭，他感到一陣不祥。

「一向聽說相公精於音律，」牛小姐不知什麼時候出現了，婚姻這種事就是這樣，另外一個人總會在你不經意的時候跑出來，「再彈一首給我聽聽好嗎？」

她是善良的、美麗的，他只覺得對不起她，但又不知怎樣把真相說明。

「唔，唔，」他漫不經心的說，「我彈個〈雉朝飛〉吧？」

「不要，不要，這是無妻的曲子呀！」

「對不起，〈孤鸞寡鵠〉呢？」

「多難聽呀，什麼孤啊寡的。」

「〈昭君怨〉呢？」

「不，不好，現在正是夏天，彈個〈風入松〉吧。」

「是。——咦，奇怪，我彈成什麼了？我彈錯了，彈成〈思歸引〉了，好，從頭再來——」

「不對，不對，你又彈成〈別鶴怨〉啦——」

「對不起，我不是故意的，都是這絃不好。」

「絃？絃怎麼啦？」她睜大一雙眼。

「我不習慣這新的絃，如果是舊絃就不會錯了。」

真是一場大錯。

丈夫音訊全無，婆婆死了，公公病沉沉不起。連著三年荒年，連有少壯男人的家庭都熬不下去，何況蔡家只有婦人和老人。

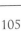

「公公，您吃一口藥，喝一口粥吧！」

「我要死了，」老人掙起身體，兩眼空茫茫的，「我有幾句話交代。」

「三年來，也真苦了妳，蔡伯喈不孝，我們全靠妳了，如果有來生，我要做妳的媳婦來報答妳。」

「還有，妳婆婆死，鄰居張太公心好，已經割捨了我們一具棺材，我死就別再開口了。是我錯了，我叫兒子去考試，弄得有去無回，累了大家，讓我暴屍曠野，讓天下人都看看，看讓兒子去求功名的父親的下場。」

兩個人說著、聽著，都忍不住哭了，好好一家人，現在竟凋零如此。正哭著，張太公來了。

「你來了也好，」蔡老頭說，「也有個見證，我現在當你面寫個遺囑，等我死了，叫五娘去改嫁。蔡邕那不孝子，也不要守他了，五娘改了嫁，至少也能吃口飽飯。還有，張太公，我這裡交給你一枝枴杖，有朝一日，蔡邕回來，你就拿這枝枴杖把他打出蔡家的門，永遠不准他進來！」

一道門，一道最高貴、最華麗的牢獄。門裡是丞相府，門外是渺不可及的萬里家山。

蔡伯喈囑咐一個心腹佣人，上街去找個可靠的「陳留縣人」，帶一封往返書信。

但人倒楣起來也真是沒有辦法，居然找上了一個騙子，他高高興興地把信和酬勞拿走了，然後把信擲了、錢花了，居然還帶著一封偽造的平安家書，說是他遠在陳留縣的父母寫的呢！

陳留縣死了，父母也先後死了。趙五娘不知道自己還能熬幾天。但是，至少目前她還不能死，她要埋葬公婆。

衣服首飾早就典當一空，忽然，她站起來，急急找了一把剪刀，狠心一剪，把滿頭美麗的青絲絞了下來，她幾乎是來不及地做著，唯恐慢一點就狠不下這個心了。

當年曾被新婚丈夫讚美的烏雲，現在滿街叫賣，竟沒有一個人理會。她忘了一件事，大家都跟她一樣窮啊！走著走著，她只覺全身瘓散，然後，眼前一黑，她便倒了下去。

救起她的，仍是張太公。

「傻孩子，雖說『上山擒虎易，開口告人難』，可是事情也有個緩急啊，像妳公公死了這種大事，妳不來找老鄰居我還去找誰呢？剛才要不是碰巧遇上了我，說不定就那樣死了，妳不能死啊，公婆要棺槨、要造墳、要守墓，蔡家至今還沒有後，妳要等著蔡伯喈回來啊！」

張太公也不富裕，可是他總算湊出另一副棺木，和短期的米糧，讓活的可以活得下去，死的可以入土為安。

趙五娘親手為公婆做了墳墓。長夏已過，蕭蕭的黃葉落在墳前。

黃葉飄落，桂花香徹院宇，是中秋了。

「我覺得，」牛小姐迷惑地望著他，「你不快樂——你吃的穿的用的究竟有什麼不稱心的？」

「不錯，我穿的是紫羅襴——可是不自在，

我踏的是皂朝靴——可是不能走自己要走的路，

我吃的是山珍海味猩脣豹胎——可是公事忙得我慌慌張張地嚥不下去。」

可是，事情一定不這麼簡單，她決定躲在一旁竊聽他自言自語說些什麼。終於，她知道了，原來他在想念他的父母和前妻。這段婚姻有些勉強她是知道的，但他居然還有前妻，則令她驚訝，不知為什麼，她對那素不相識的女子忽然生出由衷的同情。她想必也是個身不由己的人，她想必不願意她的丈夫走掉，可是，他走了。她想必無法忍受丈夫不回來，可是她必須忍，她想必有許多悲傷，就像她一樣。不，也許也像蔡伯喈，因為他也是個身不由己的人。

她跑去告訴父親，天真地說，她要去鄉下看看她尚未一見的公婆和「姐姐」。

「胡說，」牛丞相生了氣，「妳一個千金小姐，這千山萬水哪是妳能走的？」

牛小姐絕望了，爹爹老了，母親又早逝，他要早早晚晚看到自己的女兒——他的想法並沒有錯，只是他忘了，蔡伯喈也是別人的兒子，七八十歲的父母還有多少年月可以等兒子？

可是，第二天，一夜失眠的牛丞相妥協了。

「妳去是不行的，」他的臉色有掙扎後的疲倦，「但我是個丞相，萬一讓別人說話總是不好聽，這樣吧，我們家也不多三個人吃飯，去派個人把他們接到府裡來好了。」

一別三年，父母真像他們回信上寫得那麼平安嗎？蔡伯喈到寺廟中去求禱。

一身玄衣、一把琵琶，兩幅手繪的公婆的真容，趙五娘化成道姑模樣，一路唱著曲子，討些賞錢，到了京師城郊的廟裡。

她唱著蒼涼的〈行孝曲〉：

「凡人養子，最是十月懷胎苦，更三年勞役抱負……兒行幾步，父母歡欣相顧……自朝及暮，懸懸望他，望他不知幾度……兒在程途，又怕餐風露宿，求神問卜，把歸期暗數……」

忽然，喝道（註：古人大官出行，大聲吆喝，令路人避開）之聲大作，趙五娘和群眾趕緊走避，慌忙中，兩幅父母的真容掉了下來。然後，遠遠的，趙五娘望著那官員撿起了真容略瞥一眼，便令人把它們收好。

那人如今佩紫懷黃，穿得十分威武，但她至死都認識他——他是蔡伯喈。奇怪的是她心情一點不激動，她定定地望著他走入廟中去燒香，心中只有一片透明無塵的悲憫。何必呢？蔡伯喈，跟前親捧一碗飯不是勝過千里之外十炷香嗎？他想必還不知道父母早已活活餓死了，父母活著他不曾孝養，死了不曾祭掃，把這衣履光鮮的官員和自己相比，究竟誰是更不幸的人呢？

那兩幅真容，是自己臨行時畫的，丈夫顯然沒有看出來畫的是自己的父母，她畫的是他們臨死前的面容，削瘦的，枯髮如蓬，只剩兩隻空洞失神的眼睛。在無米無炊的日子撫養公婆雖然累贅，但他們一旦死了、埋了，她卻感到異常空虛悲傷，畫兩幅像帶著，只是一種真情的依戀。

第二天早上，她矛盾地徘徊在牛府門口，不知該如何進行。事有湊巧，牛府的門自動開了，出來一位管家，問她要不要進去，原來牛小姐正要找一個伶俐勤懇的佣人，她立刻明白了，牛小姐是想訓練一個能幹的佣人伺候公婆。她苦笑，公婆早已不需要伺候了。為了想確實知道她適不適合做佣人，牛小姐把她的身家一一問清楚，沒想到兩人的環境如此相似。問話立刻變成了含淚的傾談。

「妳的情形跟我們家真相似，」牛小姐驚訝地說，「妳是丈夫不歸公婆死，我們卻是丈夫想歸歸不得，公婆呢，也未卜存亡……」

「妳去接公婆還不要緊，」趙五娘試探地問，「又接出一個夫人，恐怕不容易相處吧！」

「我誠心誠意讓她做姐姐，如果她不高興，我就退讓，大概不會有太大的問題。事情已經這樣，是我對不起她，又有什麼辦法呢？」

趙五娘放心了，這女孩看來是善良的，這裡面似乎沒有誰是壞人，可是，是什麼部分錯了，竟導致那樣悲哀的歷程……

「我還是告訴妳吧，我就是蔡伯喈的妻啊，公婆死了，我獨自上京來找他。」

「姐姐，」牛氏驚望著這卑微而又高貴的婦人，「苦了妳了。」

一雙淚眼望著另一雙淚眼，女人和女人之間有時竟是這樣容易彼此了解、同情的。

書房裡，每一本書都直接、間接寫著事父母之道。蔡伯喈心煩意亂中，只見二幅老人的繪像已被管家掛在牆上，當時揀起這兩幅畫也只是暫時保存，等待著交還原失主的意思，而現在，不知為什麼，那畫像看來竟有點像父母——是想父母想得太厲害了嗎？還是天下父母都有著同樣焦灼的眼光？還是……他翻開畫像背面，赫然一首五言古詩，內容竟非常像在寫他，可是昨天好像並沒有這首詩……

「你想找題詩的人嗎？就是她，你認得她嗎？」

天哪，怎會不認得她呢？燒成灰化成淚也認得啊，曾經那樣如膠似漆的妻子啊！

她已不復新婚乍別時的嬌柔美豔，一身孝服，把她襯得楚楚可憐，蔡伯喈悲傷地跑上前去，握住她的手。太多的情節、太多的委屈，留待一生去說吧！

故鄉的墳，等待做兒子的去掃。張太公，應該登門去叩謝。爭功名、爭權力，到頭來，竟是如此，一頂紗帽換兩座土墳，是划得來的交易嗎？重逢，竟不一定是歡樂的。

趙五娘和蔡中郎的故事在大街小巷唱著、演著、說著。有人抗議，說跟事實有違，歷史上的蔡伯喈並沒有這樣一段故事，但其實名字又算什麼！除了名字，類似這樣的故事誰又能說它是虛假的呢？

三、家庭劇

東堂老

蝴蝶夢

貨郎旦

東堂老

元・秦簡夫

作者秦簡夫，元大都人，遊於杭州，不知所終。作雜劇五種，現存三種，除本劇外尚有《趙禮讓肥》、《剪髮侍賓》。

這半年來，趙國器越來越感到自己的病體支離，不久人世了。

這輩子，他也算盡了力了，田地、房子、油坊、磨坊、當鋪，他都掙到手了，算得上是揚州城裡數一數二的富人了。

「揚州奴！」他揚聲叫他的獨子。

「來啦，來啦，什麼事！大呼小叫的，到現在還叫我小名，多難聽啊！」

他的妻子翠哥溫順地跟在旁邊。

「你去叫隔壁李叔叔來。」

「喂，你們底下人都到哪裡去了？」他轉臉去罵佣人，「老爺叫你們去請隔壁東堂老來。」

「胡說，我叫你自己去請！」

「好，好，我自己去——喂，小的們，備馬！」

「你見鬼了，不過是隔壁，騎什麼馬？」

「哼，虧你還是我爹呢，連我的性子都不知道，我是上廁所都要騎馬的咧！——好，好，你別瞪，我去就是啦！」

「奇怪，」趙小哥一路走，一路自言自語，「我連自家老頭都不怕，但這位東堂居士，我一看到他就嚇得喪膽亡魂，也不知是什麼道理。」

東堂老一會就過來了，看到這個被不成材的兒子氣得快死的父親，不免傷感。

「我這病怎麼來的，你也知道，」趙國器拉著老朋友的手，「他娘死得早，我一個人把孩子拉拔大，大概是寵過了頭，他到現在二十歲的人了，一點不成器，整天跟著些狂朋怪友花天酒地，我一輩子辛辛苦苦掙來的家產，到了他手上不敗盡才怪。」

「唉，你病成這樣，還想這麼多，你寬寬心吧！」

「就是因為好不了，才找你來託孤。」

「託孤？不行，一來你並沒死，一來揚州奴未見得就聽我的，三來你的家業大，這種瓜田李下的事情，我還是避開得好。」

「我們交往三十年了，你一定要答應我，除了你，我還能託誰呢？」趙國器說著，掙扎下床，雙膝跪落。

「不得了，怎麼行這麼大的禮！」東堂老也連忙跪下，「我答應你就是。」

趙國器一生事業鼎盛，他辦事的確有效率，當下即寫好一份文書叫揚州奴來畫押簽字，交給東堂老收好。

「這文書上寫些什麼？」揚州奴滿肚子氣，「又不給我看，爹要賣我不成？」

「當然囉，」東堂老笑道，「你這種兒子不賣留了做什麼？」

「你別管。」趙國器又吩咐，「你跟你媳婦，向叔叔行八拜禮。」

「為什麼？」

「拜完我告訴你。」

拜完了，趙國器打開文書，上面寫著：

「揚州奴所行之事，不曾稟問叔父李茂卿，不許行，假若不依叔叔教訓，打死勿論。」

揚州奴本以為父親一死他就自由了，沒想到又弄出個更厲害的叔叔。

沒幾天，趙國器就死了。

揚州奴有兩個最要好的朋友，柳隆卿和胡子傳，自從父親去世，雖說有個東堂老，畢竟不能太管他，所以這「三人行」倒是過了十年快活日子。

當然，快活也是有代價的。

起先是賣了金銀珠翠，然後賣古董字畫。

接著賣田產，之後賣牛羊。

附帶的也賣了丫鬟奴僕。

最後賣了磨坊、油坊和當鋪。

現在，就是今天早晨，他把賣當鋪的最後一塊銀子也花完了。

「趙小哥呀，」，柳隆卿說，「最近來了一個新歌伎，唱得又好，人又漂亮，我去幫你拉攏拉攏。」

「老實說，我那點錢全乾了，就剩我這一身衣服，穿起來還有個富家子的樣子罷了。」

「笨蛋，這種好事，別人做夢都夢不到，」胡子傳說，「我們要替你拉攏還不好？」

「不是啊！」揚州奴苦著臉，「真的是一文不名了。」

「呸，說你笨你真笨！」柳隆卿說，「就算沒錢了，你不是還有座大房子嗎？房子也可以賣錢的呀！」

「哇！你們真聰明，我怎麼就沒想起這個好辦法？——不過，賣房子恐怕也很麻煩吧？我記得爹爹在世，有一次光是翻瓦，就花掉了一百錠銀子，房子現在值多少？有誰買得起這麼大、這麼講究的房子？」

「說你笨你真笨，」胡子傳推了他一把，「誰叫你照現價賣？值一千你賣五百，值五百你賣二百五，你看人家不搶著買才怪！」

「我想起來了，不行，不行！那李家叔叔一定不答應！」

「你賣你趙家房子，關他李家什麼事？」胡子傳說，「他要說話，你給他一點好處不就把他的嘴堵上了？」

「我來幫你估價，」柳隆卿一副熱心狀。

「我來幫你立契約。」胡子傳表現得更義氣。

「哎喲，我又想起來另外一件事，」揚州奴說，「賣了房子，我跟我老婆住哪裡？」

「我家有個破驢棚。」柳隆卿一拍胸脯。

「我怎麼煮飯吃呢？」

「我家有個破沙鍋、兩個破碗、兩雙折了的筷子，夠你們用了。」

「你們真夠朋友！」

「叔叔，」揚州奴的妻子翠哥滿面淚痕，跑到東堂老的家裡，「這十年來，揚州奴把什麼都賣了，叔叔也是知道的，現在，他，他居然聽朋友的話要賣這棟房子……」

「唉，這不長進的狗才，當年妳公公置這些家業受多少苦，我是親眼看到的，他早起晚眠，焦心苦慮。搞到今天，他兒子居然連他的老巢都要掀了，我看這畜生不弄到討飯的那一天是不罷休的。也罷，妳先回去，等這畜生來了，我自有辦法對付。」

揚州奴果然來了，一副做賊心虛的樣子。

「揚州奴，你今年幾歲了。」

「孩兒快三十了！」

「三十了，還不學好，還等哪一年吶！」

「是呀！叔叔，常言道，『坐吃山空，立吃地陷』，我坐吃了十年了，現在賣這房子，就圖個本錢去做生意呀！」

「做生意？跟誰一伙？」

「就是我多年的好朋友柳隆卿、胡子傳。」

「跟他們一起？生意哪是你們這種人做得的？做生意要湯風冒雪，忍寒受冷，你們哪，一塊兒上茶樓酒館可以——」

「這兩個朋友，很兜得轉的，我們十幾年的交情了——」

「我也勸不得你。你要賣多少，你說——」

「大概值五百吧！」

「好，五百，我買了。」

「既然是叔叔要，我減一點。」

「不必，」東堂老當即叫兒子進去拿錢，「先給你二百五，剩下的過幾天再給。」

揚州奴歡天喜地地拿了錢走人，沒想到事情這麼容易就解決了。

「嘿！東堂老被我騙了，還以為我真要做生意，笑話，我揚州奴怎會低三下四去做生意？」

「喂，咱們今天的酒席可要訂得氣派些，十隻羊、五道點心、五道菜，還有……」

這兩位兄弟真懂配菜，而那歌伎也真的又漂亮又會唱又風情萬種，揚州奴覺得自己真是幸福。

五百錠銀子個個都像長了翅膀，一下就又飛走了。奇怪的是，他的朋友最近也都不知忙些什麼，一個個全不見人了。正如東堂老所預料的，他淪落成乞丐了。

「這邊有一棵樹，那邊有一棵樹，」他對妻子說，「既然日子這麼苦，我看我們一人一邊上吊吧！」

「見鬼，」翠哥生了氣，「你吃喝享用的時候，全沒想起我，你上吊，就想起來找我陪了。你死了是活該的，我才不死呢！」

「好吧！不死，妳就去揀點乾驢糞來燒火，我出去要點米來煮粥！」

走到路上，他總算遇見了柳和胡，他們還是在老地方——茶館裡。

「你餓不餓？」

「餓得要死了！」

「好，你坐坐，我出去給你買些燒鵝蹄膀。」柳隆卿說著，就走出去了。

「哎呀，這傢伙怎麼去了這麼久還不回來，」胡子傳也站了起來，「這樣好了，還是我先買點酒跟肉來給你充飢吧！」

揚州奴守著呆等，無聊地捉著衣服上的虱子。

「先生，算帳了，」茶館老板來了，「剛才你的朋友說，他們先走了，他們欠的帳，由你來會，茶錢五錢、酒錢三兩、飯錢一兩二錢，打發賣唱的耿妙蓮五兩，打雙陸輸八錢，總計十兩五錢。」

「你怎麼會聽他們這樣說，你看看我穿的，我是討飯的呀！哪來的十兩五錢銀子！」

「他們說了，說你就是揚州奴，怕人知道你錢多，最近故意打扮成這樣的啦！」

「唉，這兩個混蛋！也怪我自己，當年把他們看得比爹娘還親，我弄到今天，還不都是他們害的，我討飯了，他們還這樣吃定我，老闆，我沒錢，我給你挑水掃地做佣人來抵吧！」

「算了，算了，你當年也常照顧我生意，叫你到我家做佣人，我狠不下這樣的心，你走吧！」

回到家裡，翠哥白燒了半天的水，等不到一點米下鍋。

「米呢？」

「沒有，要煮，你煮我兩條腿算了！這些人當年跟我全是假的，我還是死了好。」

「沒出息，動不動就講死！我不要死，我要去叔叔家討口飯吃。」

「我怕李叔叔，我不敢去。」

「你跟我來，如果是嬸嬸在，我就叫你也進來吃點東西——不吃是要餓死的呀。」

兩個人羞羞愧愧地挨到李家，嬸嬸給他們煮了麵，正吃著，東堂老回來了。

「喲，你不到大飯館吃烤羊，跑到我這裡來幹什麼？」

怎麼說呢？他的一切叔叔早就預言過了，現在如果從頭說起，也無非把叔叔事先前講的話，搬到事後來重複一次罷了。

「我想做一個小本生意。」

嬸嬸拿出一貫錢，揚州奴接過來，真重啊，好久沒拿「錢」了，這一貫錢如果是當年，掉在地上他都未必肯去撿，做小費，他都不好意思出手，但現在他捧著這一貫錢，要把它做重整家業的本錢。

他把錢販了炭，賣了，再販，賣剩的零頭，他送給嬸嬸烘腳。

「唉，揚州奴，你什麼時候也懂得人情了，嬸嬸不缺炭，你們自己留著用吧！」

揚州奴又去賣菜，東堂老很有興趣地問他：

「唉，你也會賣菜！你自己挑的，還是別人替你挑。」

「叔叔，當然自己挑啦，」揚州奴忽然精明起來，「別人挑，那本錢要多少呀！況且，如果他一挑挑跑了，我的損失就大了。」

「你叫不叫喚？」

「當然要叫啊，不叫，前街後巷的人怎麼知道呢——我叫：『青菜、白菜、赤根菜、胡蘿蔔、芫荽、蔥啊——』」

忽然他發現叔叔家中的婢僕都驚奇地跑出來看他，而且，他立刻看出來，那批人，就是他這些年陸續賣掉的婢僕，他忽然又羞慚又悲哀……

「叔叔，從前孩兒不聽您的話，現在窮了，自己掙錢，才省悟賺錢真不容易，真該愛惜啊！」

「什麼？這句話是誰教你的？」

「不是誰教的，叔叔，是孩兒自己體會的。」

東堂老側目看他，彷彿從來不認識他。

「你賣剩的菜，自己也吃點吧！」

「唉，叔叔，過日子可不能這麼浪費，賣不完，我勤灑點水，保住青翠，還是可以賣的。」

「你也偶然買點魚啊肉啊吃吃……」

「孩兒不敢。」

「那，你吃什麼？」

「孩兒買些小米，不敢舂，怕耗損了。然後加點黃的老的菜葉子，熬成淡淡的一碗粥，就這樣過日子。」

第二天，東堂老生日，加上新添了房子，他大張筵席，眾街坊都請到了。揚州奴夫妻也被請了，他覺得不便白吃，便早早去了，幫忙挑水掃地，四處張羅。

「眾街坊親戚，」席間東堂老很嚴肅地說話了，「老夫今日勞動各位來，說是賤辰，加上新居翻修好，其實呢，是另有一件事，要當眾說了比較清楚。」

東堂老一向人緣好，大家見他說話都畢恭畢敬地傾聽，但對揚州奴而言，他卻如坐針氈。所謂「新居」，其實是他的故居，侍候的婢僕又都是老面孔，他彷彿回到自己家裡，卻又比任何一個佣人更沒有資格留在這所房子裡。那一間，是父母當年的臥房；這一間是他和翠哥的；飯廳裡，父母曾以多少美味的食物哺育他。如今在這裡大張筵席的，卻已換了另一批人……

「這件事是和揚州奴有關的。」

他嚇了一跳，從冥想中被拉回來，只見大家的眼睛都看著他，他羞愧欲死。

「揚州奴，當年你爹爹因你不學好，氣悶成病，臨死一面託孤一面交了個文書給我，你當時吵著要看，我們就給你看了一半；其實，前面還有更重要的話。今天，當著眾親戚街坊的面，你來念一下——」

揚州奴恨不得鑽地洞躲起來，但大廳氣氛肅穆，他雖然自覺羞恥，卻也想一睹爹爹十年前的遺墨：

「今有揚州東關裡牌樓巷住人趙國器，因病重不起，有男揚州奴不肖，暗寄課銀五百錠在老友李茂卿處，與男揚州奴困窮日使用——」

讀到這裡，他停下來，驚奇得不敢相信，別說五百錠銀子，現在只要有一錠銀子讓他摸摸，他也會喜極而泣的。

「叔叔，這可當真，我那時窮得討飯，你怎麼不拿一錠銀給我用用。」

「當著眾人的面，我還會騙你不成——不過我要告訴你，現在，這些銀子一錠也沒有了。」

為什麼沒有了？揚州奴心中懷疑，難道是這道貌岸然的人自己吞了？不像啊，如果吞了，他又何必當眾宣布？但如果沒吞，他又明說銀子沒了。

「今天當著眾人的面，我把這一筆帳要交代清楚，由於你交友不慎，典當家產，我只好替你籌劃，當初你賣一樣東西，我就託人去買。你當你那些明珠翠玉、古董字畫、田莊婢僕、油坊、磨坊、當鋪全賣到哪裡去了？都賣到你爹爹留下的這筆錢裡來啦！最後這房子，也仍然是用你自家的錢買的。但是，我哪敢把產業重新交還給你，交給你你還不是仍舊賣掉，我要等，等到你一個錢也沒有了，那時你才會看出你的朋友是什麼貨色。然後，你會去討飯，去做小本生意，那時候你才會明白，你父親當年為你留下的家產是怎麼用血汗掙來的。我在等，等你有一天懂得勤勞、節儉，懂得負責、認真，懂得知恩、感恩，懂得人在福中要知福，到這一天，我要把這一切產業交還給你，只有這樣的你，才配有產業。現在，你看，你賣掉的一切都又回到你眼前來了。」

眾街坊聽呆了，東堂老一講完，大家歡聲雷動，三十年的朋友之情，十年的受命撫孤，救浪子於末途，整個故事，使大家稱奇感動。揚州奴尤其覺得像夢一樣，這一切，曾經失去的竟魔術一樣的又回來了，而且整整齊齊，比以前沒人經營照顧的時候更好了。

柳隆卿和胡子傳真不愧是消息靈通的傢伙，一頓飯沒吃完，他們又趕著來找揚州奴了。

「打發他們走吧。」揚州奴平靜地說，「現在的這個揚州奴不打算再賣產業了。」

「叔叔，」他轉過頭來恭恭敬敬地問東堂老，「鄉下田莊也買回來了吧？」

「當然，」東堂老笑呵呵的，「改天我帶你去看，那大片莊稼長得肥肥青青的，讓人看了不由得要高興哩！」

蝴蝶夢

元・關漢卿

作者關漢卿，介紹如前。

〈蝴蝶夢〉全名〈包待制三勘蝴蝶夢〉，演包拯夢見蝴蝶而斷獄事，屬於社會劇中的「公案」劇。

「不得了啦！你父親在大街上被人打死了！」

王大、王二、王三一時衝出來，三個人仰天大哭。怎麼回事呢？父親剛剛才上街去為孩子們買紙筆的，有著三個讀書的孩子，他看來是個驕傲自豪、充滿希望的父親。但現在，竟在大街上給人打死，簡直不能相信。

三兄弟扶著母親，走到大街上來，果真是父親，一些剛買的紙筆散在身旁，屍身上有些青青腫腫的痕跡，四個人愈看愈傷心。

「娘，我聽說是個叫葛彪的流氓打的，聽說他還是皇親國戚呢。我們找他償命去。」

事情就有這麼湊巧，葛彪殺了人，眼睛都不眨一下，逕自去喝了酒。這會兒喝醉了，居然大模大樣地走回來。

「就是他！」三兄弟抓住他，「你打死我們的父親。」

「不錯，怎麼樣？我有的是後台，不怕你們！」

王大聽了，血氣翻湧，上前一拳，沒想到葛彪往地下一躺，就不再起來了。

這一場大鬧把公人（略等於警察）引來了，他們將大伙兒上了枷鎖，全帶走了——兩條人命的案子，馬虎不得。

近中午了，包待制坐在大廳上。

恍恍惚惚的，經由一扇小門，他走到花園裡，花正盛開，一片爛漫，身為一個冷臉的法官，此刻也不禁把鐵石心腸軟溶溶地化解了。他當下繼續信步而走，走到一座亭子裡，只見蜘蛛結了個大網，極大極牢的網——奇怪，偌大的花園，為什麼偏偏讓我看到這一片蛛網？這一生的事業就是在法網邊緣度過，而此刻，在最美麗的花園裡，他撞見的，又是一面網……

有網，就有落網者。一隻蝴蝶觸跌進去，剛剛牠還是穿梭花間翩如飛花的彩夢，而此刻，牠一頭栽倒，眼看就要毀滅了。這時，忽然飛來一隻大蝴蝶，把牠救走了。幾乎是同時，一隻極小的蝴蝶也掉進網裡，包待制屏息而望，以為那隻蝴蝶會連這隻新觸網的一起救走，但牠沒有，牠帶著較大的那隻飛遠了。

包待制心裡不平，伸手一戳，網破了，小蝴蝶也趕快飛走了……

「午時了！」

張千大聲叫著，包待制一驚，醒了過來。正在這時王家三兄弟被帶到堂上來。後面還跟著一個驚惶憔悴的婦人。

階下的衙鼓沉沉地敲了起來。

「喔，這三個是打死葛彪的犯人，而那婦人又是誰？」包待制問。

「我是他們的母親。」

「妳做母親的怎麼不好好教育兒子，弄得他們合伙殺人？」

「殺人當然是罪，但包大人如果知道葛彪有多麼傷天害理，也會可憐我們的！」做母親的流淚了，「想他們的父親，巴巴的到街上去給三個讀書的孩子買紙筆，一時走累了，坐在路邊休息，沒想到葛彪那廝只為嫌他擋了馬，就把一個活人硬打死了……」

「你們三個誰是主兇，誰是從兇？」
「是我，」老大很鎮定地說，「跟老二老三無關，跟母親也無關。」
「跟他們三個無關，」老二說，「是我一個人幹的。」
「誰都不是，」老三比兩個哥哥小多了，還像個孩子，「他自己肚子痛意外死亡的。」
「是我，就是我，」婦人堅持說，「是我氣不過，把他打死的。」
「這倒是怪事，死人只有一個，兇手倒有這麼多！你們是故意串通讓我為難的吧！」
但不管怎樣威脅，那幾個人竟都一口咬定自己是兇手。
「好吧，」包待制說，「把王大推出斬了抵命！」
他一面派聽差張千去打聽婦人的反應。
「她在那裡怨恨，」張千說，「說包公太糊塗。」
「妳罵我糊塗嗎？」包公轉臉問婦人。
「不敢，只是老大素來孝順，殺了他誰來奉我的老？」
「好，改一改，殺老二好了。」
「我聽見那婆子又在說您糊塗呢！」張千再度上來傳話。
「喂，婦人，我要殺老大，妳不依，我換老二，妳又嫌我糊塗。」
「不是，這老二能幹，能撐得住家計，沒有他，指望誰養活我呢？」

「這樣吧，換老三償命總可以了吧？妳不再罵我糊塗了吧！」

「可憐的老三，」婦人說，「就讓他去吧！」

「這裡面有問題，」包待制停下來，「我看，那兩個大的是妳親生的，這小的，是妳抱來的養子。」

「不是——」婦人囁嚅著，「事到如今我只好說出來了，這老大老二不是我親生的，老三才是我親生的，但老大老二也是我帶大的。」

「這倒怪，妳為什麼替別人的兒子求命？反而樂意叫親生孩子去死呢？」

「他們的母親已經死了，我做後母的當然更要愛護他們。」

包待制凝視著婦人，她此刻看來悲傷卻平靜，她看著三個孩子的眼神同樣的慈愛溫暖，他想起了方才的夢：一片春色和祥的花園裡，卻有一隻誤蹈蛛網的蝴蝶，為什麼大蝴蝶救了一隻留下一隻？這婦人說的話是真的嗎？他要好好觀察一下。

「把王大、王二、王三通通下在死囚的牢房裡！」

四個人也不知道包待制的話是什麼主意，事實上也沒有時間供他們去猜疑思忖了，幾個大漢圍過來，把三個人一拉，就全帶走了。

婦人瘋狂地衝上去，想拉住枷鎖，又想拉住衣服，可是她什麼都抓不住，三個人還是被拉走了。

「包待制！你浪得虛名罷了，判案子是這樣判的嗎？」她痛哭失聲，「你高坐法堂，享著俸祿，卻這樣對待我們小老百姓嗎？天哪！誰能給我伸寃啊！」

包待制很驚訝剛才看來守禮而溫雅的婦人，一霎時如此瘋狂憤怒，不顧死活，世上的「母親」想必都是一些不可思議的人物。

婦人繼續嗚嗚咽咽地痛罵著。

「小哥，可憐可憐我吧，」那婦人站在牢門口求情，「我的丈夫，好端端的給強徒打死了，三個孩子失手打了兇手又一起打入死牢。我一個老太婆，也只能到前街後巷去乞討這些剩湯殘飯，你好歹准我進去，見他們一見，讓孩子們臨死也吃頓飽飯……」

「好的，」差人給她說得心軟了，「妳進來吧！」

看到三個孩子，她心碎了，他們都被沉重的大鎖枷住，甚至不方便吃飯，她只好一口一口地餵飯，她不禁想起了許多年前，那時，孩子正幼小，她曾把他們一口一口地餵大……

她把比較好的食物餵了老大和老二，輪到老三，只剩些湯湯水水的東西了。

「老大，你有什麼事交代嗎？」

「娘——孩兒有一本《論語》，等孩兒死了，就賣了它買點紙錢燒給父親吧！」

「老二，你有什麼話說？」

「我，我有一本《孟子》，娘，賣了它給父親做個法事吧！」

「娘，」三兒毫不害羞地哭了出來。「我不知道說什麼，娘，你過來，我要抱一抱娘的頭。」

可憐的小么兒，千言萬語，都在那抱頭一聲痛哭中。

「婦人，別哭了，」張千奉了包待制的命令，看婦人對三個孩子的真情，「你老大是誰？——這一個，喔，好，你出去吧，你放了——」

王大走出門去。

「誰是老二？」張千繼續問，「好，你也出去，好好孝養你母親。」

王二也走出門去。

「老三呢？」婦人急了，「小哥，老三有沒有赦啊？」

「老三留下來抵命，」張千說，「妳明天一早來收屍。」

婦人明知道結果如此，但仍然忍不住大慟起來，老三是如此純潔痴小的一個孩子啊！可憐的十月懷胎啊，到如今一場虛空，而明天一早，他將一命嗚呼，從此人天永隔……

「好吧，」她抹乾眼淚走出牢房，「能赦了老大、老二，我也甘心了。」

張千把他看到的情形告訴了包待制。

第二天一早，王大、王二便來了，婦人也乞了錢，買了一串紙錢等著，不一會，老大、老二抬著個血跡滿身的屍體出來了……

紙錢在火光中焚成迴旋飛舞的黑蝶。

可憐的孩子、乖順的孩子，這麼快就趕上去陪著他父親亡魂的孩子……

她解開他的麻繩，她掐他的人中（註：古傳以掐人中可急救昏厥），但他是不會再醒過來了，她放下他冰涼的身子，一面狠狠地打著地，一面叫喚著孩子的小名，一面痛哭不止……

「娘，妳叫我嗎？我在這裡啊！」

猛抬頭，三個人都呆了，是老三沒錯，他那慣有的頑皮的笑容，又掛在臉上。

「你？……」

「娘，包爺爺赦了我，他說我們一門孝慈呢，娘，妳別盡抱著那個死屍啊，他是個強盜，叫趙頑驢的。」

雖然是個強盜，不過既然為他哭了，又為他燒了錢，乾脆，也就為他簡單地做個「入土為安」的葬禮吧！

包待制其實一直在注意這可貴的一家人，他們在痛遭喪父喪夫之際，所表現的孝悌之情，令人感動，為了父仇失手打死葛彪畢竟是可原諒的罪。不但如此，他還要給他們一些恩榮。

「母親封賢德夫人，大兒供職朝廷……二兒加冠賜袍……三兒封中牟縣令……」

他們歡欣感謝，至於發表的是什麼官，當時誰也沒有心情去細聽了，他們只緊緊地抱頭大哭，哭了又笑，笑了又哭。回家去吧，回家去吧，好好地給父親修個墳，好好地一家人住在一起，好好地把《論語》、《孟子》再讀得更熟，好好地孝養母親……回家去吧，回家去吧！……

貨郎旦

元·佚名

作者佚名，本劇中若干「賣唱人」的資料，頗為研究者所重視。

「李彥和，像你這樣可怎麼得了，成天貪花戀酒，也不想想這個家怎麼撐下去，一個當鋪生意也不管了，這樣下去……」李太太劉氏說著，哭了起來。「何況那個張玉娥是個妓女，不是什麼好東西！」

「太太，妳是大家風範的女人，為什麼這麼小氣，那張玉娥，一心要嫁給我做小，妳偏偏沒有容人的雅量！」

「哼，你當一妻一妾舒服？娶到家裡，弄得家不和萬事不興。你一腳跨進她的房間，我就咒罵；你一腳跨進我房間呢，她又咒罵，你夾在中間，有你受的。何況這千人萬人不稀罕的破爛貨，你揀回來當寶，真不知你看上她哪一點？」

「哎喲，妳不知道，她長得美若天仙，迷死人呢！」

「向來美色最害人，你知道嗎，那兩片胭脂，誤盡了男子漢的事業；一張櫻桃小嘴，可以吞盡最大的家財；一個小小的舌頭可以吸盡你的魂魄，到時候你家破人亡……」

「哪有這種話，我告訴妳，我們已經說好了，她一定要嫁我……」

「你們說好了為什麼要來找我同意？你要娶你就娶好了！」

剛好這時候張玉娥已來到門口，大叫李彥和，他忙跑去開門。

「你耳朵塞住了嗎？」張玉娥沒好氣地說，「怎麼那麼慢才開門，我告訴你，你那老婆，她是大，我是小，少不得要表示一下禮貌，我現在照規矩過去拜她四拜：第一拜，她可以接受，第二拜，她該欠身，第三拜、第四拜她得還禮，這樣我才不吃虧，她要是不回禮，我會叫起來，嘿，那可不太好聽呢！」

「好好，我這就過去關照她。」

劉氏聽了，也只好答應。

「喂，李彥和，你看著，這是第一拜。」張玉娥說。

「第二拜了！」

「是，是，」李彥和小心地回答，「我太太正在欠身啦。」

狡猾的張玉娥，忽然把第三拜、第四拜飛快地連拜下去，趁劉氏來不及還禮的當兒，哭天喊地、叫了起來：

「什麼意思，釘子釘著她了嗎，我拜她，她居然不還禮。」

「你這女人家，」李彥和也護著張玉娥，「怎麼這樣不懂事，我男人家說了話妳總要聽聽，一點三從四德也不懂。」

劉氏無限委屈，大廳上坐著些張玉娥的雜七八拉觀禮的親戚，丈夫還催她去伺候飲食茶水，兩人一言不合，竟動手打起架來。

「李彥和，」張玉娥大哭不止，「你聽著，你要是愛我，就休了她，要是不休，我就回家。」

「可是，可是，」李彥和其實心地並不壞，「她是我兒子春郎的娘，她是我少年結髮的妻，我狠不下這個心。」

「好，那我走！」

「別走，別走，我去跟她說，」李彥和走到劉氏面前囁囁嚅嚅的說：「玉娥說的：『要是愛妳，就要休她，要是愛她，就得休妳。』我……我……我不能休她。」

劉氏一股氣往上衝，痰往上湧，登時死了過去。

李彥和呆住了，心裡忍不住有些愧疚，剛忙完婚禮，就又忙著葬禮。

「啊，我的運氣真好，剛進門，大老婆就死了。」張玉娥高興得眉開眼笑。

一面，她又偷偷派人去連絡從前的老相好魏邦彥。

「妳已經嫁人了，又來找我做什麼？」魏邦彥想起舊事，還在生氣。

「我雖然嫁了他，心裡想的卻是你啊！」

「那又怎麼樣？」

「我有個辦法，我把金錢財寶慢慢交你帶出去，你到洛河邊等我幾天，等我找機會放一把火，把他家房子全燒了，然後我帶李彥和逃到洛河邊上。你呢，就假裝成擺渡的稍公，擺到河中間，神不知、鬼不覺，你把李彥和推進水裡淹死。還有春郎那小孩同他的奶媽張三姑，那也好對付，勒死就是了，然後呢，你豈不就人財兩得了？」

「哎呀，妳哪裡是我老婆，簡直就是我的娘呢，好，好，我一定先去洛河邊等妳，妳要快點辦事啊！」

一切進行得很順利，房子燒了，李彥和也在船上被推下了水，但他們動手要勒張三姑的時候，卻被另外一個稍公看到了。

「拿住殺人賊啊！」

「有殺人賊啊！」張三姑也掙扎著大叫。

魏邦彥和張玉娥怕了，趕緊放手而逃。張三姑帶著如今無父無母家業燒盡的小春郎，站在岸上哭，一條命雖然撿了回來，但今後怎麼活下去呢？一簇人圍上來看熱鬧，大家指指點點，誰也想不出一個辦法來。

正在這時候，有一位女真族的完顏氏叫拈各千戶的，因為公事而經過，很好奇地問起這事，油然起了同情之心。

「喂，娘子，妳別哭啦，」有一位傳話的跑過來，「那邊有位官人，他自家沒有兒子，想收養妳這孩子，如何？」

「我，我帶著他也是餓死，不如賣給他吧！」

兩下談攏了，完顏付了一錠銀子，找了個賣針線的老貨郎叫張𢣉古的做證人，寫下了這樣一張文契：

「長安人氏，省衙西住坐，父親李彥和，奶母張三姑，孩兒春郎，年方七歲，胸前一點硃砂記，情願賣與拈各千戶為兒，恐後無憑，立此文書為照。立文書人張三姑，寫文書人張𢣉古。」

賣完了孩子，孤苦的張三姑茫然地站在江邊，當年她因死了丈夫，沒有活路，所以做了春郎的奶母。而今春郎賣了，雖不是親生兒子，她也感到徹骨的悲痛，只希望孩子投到有錢有地位的人家，能有更好的前途。

她悄悄擦著眼淚，卻發現代寫文契的那個老頭子也在一旁掉淚：

「唉，人生，不如意的事真多啊——張三姑，妳要到哪裡去？」

「我，我不知道——」

「我無兒無女，你肯不肯做我的義女，我老貨郎雖沒錢，還算有一口飯吃，我賣貨，同時也唱個曲子招徠顧客，妳跟著我，我教妳唱曲。」

張三姑點點頭，跟著張老頭走了。

十三年過去，春郎長成二十歲的青年，他的義父完顏氏卻躺在床上等著嚥最後一口氣。

「你知道嗎？」完顏拉著他的手，「阿媽（註：即女真話父親）不是你父親，你也不是女真族的人，你看這份文契就明白了。你的親生父親姓李名彥和，你的奶母叫張三姑，你在七歲那年，父親被人推下水生死不明，我收養了你……」

「阿媽！」

「你聽我說完，」完顏慈愛地望著他，聲音越來越微弱，「我自己無兒無女，我並沒有把你當養子看待，我疼不疼你，你心裡是知道的，我讓你承襲了我的官職和財產……」

「阿媽，你不說，我怎麼知道？阿媽，我會記得您的大恩大德！」

「我死了，你就去打聽打聽你父親和乳母的下落，這些，是一疊債據，你可以按照這份表去收回利息，這些財產，夠你花的了！（註：元代統治階級可設放款處，坐收漢人利息。）」

「阿媽！」

老人說完話，滿足地垂頭而死。

另外一個老人也死了，那是十三年前收養張三姑的張憋古，張三姑背著他的骨殖，歸葬河南府。

「敢問這位哥哥，」她停在一個三叉路口，「去河南府是走哪條路？」

「中間這條便是。」

「謝謝。」她謝完了便上了路。

「喂，」那男子從後面追上來，「張三姑！」

「誰叫我？」她瞿然驚顧。

「我！」

「你是誰？」

「我是李彥和！」

「有鬼啊！」張三姑驚叫起來。

「不，我不是鬼，是人。」

接著，他把自己如何在洛河裡抱住一塊木板，獲救上岸，如今為人放牛的事說了一遍。兩個人都覺得恍如隔世，張三姑並且說動了李彥和辭了主人，跟她一起去河南，憑著她跟張㦃古學來的說唱本領，倒也夠兩個人的吃嚼了。

春郎厚葬了阿媽，一路到各地收款。這一天，他來到河南府，歇宿在一家客棧裡，他點了豐盛的酒肉飲食，心裡卻想起自己漂泊的身世，阿媽、生父、生母、乳母……

「有沒有會唱曲子的？給我叫一個來！」

店小二帶來了一男一女。

春郎自己切著肉吃，也體恤地切下一份賞給唱曲子的男女。

「叫他們吃完了再唱。」他說著，順手拿了張紙擦手上的油。紙掉在地下，唱曲的男子撿起來正要去丟，忽然，他的目光被紙上的文字吸住了，那是一張文契。

那正是張三姑當年賣春郎的文契，完顏氏臨死時曾把它交給春郎的，而現在，一時大意，他竟把它當擦手紙擲掉。

「三姑，妳看這張紙，上面還分明有妳的名字，妳看上面坐著的那位官人，長得像不像春郎？我不敢去認啊！」

「嗯，現在義父教我唱的那些曲子可有用啦！」她無限懷念地摸摸張㦃古的骨殖，「當年，他聽我說了，就把整個故事編了二十四支唱曲，我且不去說破他，我一條一條唱下去……」

猛敲一下醒木，她開始敘述長安的美麗繁榮，她唱起故宅中的朱幔青簾，唱起李彥和小小的溫暖的家，父親、母親、奶媽和小孩；然後是荒唐的男主人貪花戀酒，張玉娥氣死大婦，燒了家宅，拐了財產，謀害了李彥和，奶母和小孩各自認了義父。

春郎聽著，隨著情節忽悲忽喜，他老是不停地、焦急地追問，可是逐漸的，他發現，他關懷的竟不是一個別人的故事，那情節愈來愈像自己的故事了。

「那孩子賣了多久？」

「至今十三年了。」

「他那時幾歲？」

「才七歲啊！」

「在哪裡分手的？」

「洛河岸上。」

「孩子有什麼標記？」

「孩子姓李叫春郎，胸前一點硃砂記。」

「妳，」那官人走過來，「莫非就是張三姑嗎？」

「你怎麼知道？」

「我就是李春郎啊！」他一把撕裂衣服，一點硃砂記露了出來。

「啊，啊，春郎，那邊站的就是你父親李彥和啊！」

說不完的話，訴不完的委屈，十三年的點點滴滴大家東一句西一句胡亂交代，三個人又哭又笑。

真是無巧不成書，有公差捉住了二個惡性詐騙的犯人，依律是可以殺的。

春郎正要執行，李彥和把他們兩人辨認了一下，才驚訝地發現，那兩個人就是張玉娥和船上的假稍公，他叫了起來，春郎趕來，親自動手把他們殺了，算是報了母仇。

一家人——應該說「殘缺的一家人」，總算團圓了。圍著桌子他們吃團圓的飯。

「就像在一只碗裡要放二根湯匙是很難的，」李彥和望著成年的兒子幽幽地說，「我曾經當局者迷，做了多大的錯事啊！」

春郎點點頭，他一面慶幸找到了生父，一面也哀悼死去的母親——而水性楊花的女人是要避開的，他若有所悟地想。

四、三個與「報」的觀念有關的劇

趙氏孤兒
中山狼
九更天

趙氏孤兒

元・紀君祥

作者紀君祥，元大都人，作劇本六種，能保存完整者唯《趙氏孤兒》一種。本劇結構與其他元雜劇略有不同，他劇皆四折，本劇為六折。王國維先生極推崇本劇。

天漸漸亮了。公主坐起，轉臉去看身旁初生才幾天的孩子。孩子的臉紅通通的，安詳平靜，這些日子天翻地覆的悲劇還不曾來到他的夢中。她輕輕地摸摸孩子的手腳，他算是一個大個子的嬰孩，也許是錯覺，她覺得他處處像他父親，他的個子，他的眉目，乃至他宏亮的啼聲。

而孩子的父親卻永遠看不到孩子了。

想起孩子的父親，她的眼淚促迫地流下來。姓趙的三百口家屬，幾天來已被人殺個精光，而身旁這孩子，已是晉國趙氏家族中唯一的血胤。

她的眼神散亂無主，許多天來她已渾渾噩噩分不清現實和惡夢，整個故事是一樁可怕陰謀，生長於深宮中單純如她的女子，在許久之後才弄明白。

在晉國，晉靈公最信任的臣子是文臣趙盾和武臣屠岸賈（ㄍㄨˇ gǔ）。趙盾恭謹仁愛，平和忠厚，屠岸賈卻有強烈的權力慾。靈公把公主嫁給趙盾的兒子趙朔，屠岸賈心中更是暗恨不已。

他曾經找了一位不知情的勇士鉏麑（ㄔㄨˊ ㄋㄧˊ chú ní）去越牆埋伏，要刺殺趙盾。鉏麑潛在庭中，沒想到天還不亮，趙盾就起來了，他慎重地穿上朝服，坐在那裡等待上朝，鉏麑一看便知道他的忠勤敬業，他不能作人鷹犬刺殺這樣一位為國辛勞的人，但是，他又不能空手覆命，只好一頭撞死在樹上。

屠岸賈一計不成又生一計，當時西戎國進貢了一隻神獒靈犬，屠岸賈就在院子裡紮個草人，草人身上穿著紫袍玉帶。神獒平日鎖上，不給食物，讓牠餓上三五天，然後在草人胸膛部分藏一副羊心肝，等餓犬縱出，便習慣直奔草人，撕裂紫袍，剖膛取心肝；而紫袍玉帶，正是趙盾平日的服裝，屠岸賈的居心歹毒，也就可知了。

在另一面，趙盾卻只知忠政愛民。春天了，他出去勸農，希望農民各自認真耕作，湊巧看見在桑樹下有一位壯士，正抬著頭、張著口。趙盾去問緣故，才知道他由於食量太大，為主人辭退，他看到桑樹上有桑椹，覺得採來吃是盜竊的行為，所以張著口等待自然落下的桑椹。趙盾很佩服他的氣度，留他吃一頓飽飯，吃完了，他不辭而別。

有一天，屠岸賈覺得時機成熟了，便告訴靈公家有神獒可以辨別忠奸，靈公本不是有道的君主，聽了以後立刻信以為真。受過訓練的神獒直奔趙盾，趙盾是文人，哪裡敵得過神獒，他繞殿而逃，靈公看了，卻一逕冷笑。當時有個殿前太尉提彌明實在看不過去了，一瓜搥打死了神獒，把牠撕成兩半。

趙盾知道形勢不好，逃出殿門，而屠岸賈使詐，早已把他的座車雙輪去了一輪，四馬取走兩馬，不料旁邊竄出一人，一手策馬，一手扶著轉動中的輪軸向野外逃去。事後有目擊者形容，此人被車輛磨得「磨衣見皮，磨皮見肉，磨肉見筋，磨筋見骨，磨骨見髓」，這人是誰呢？他就是當年桑樹下飢餓的靈輒。可惜他這番辛苦並沒有救下趙盾，他滿門三百人全遭殺絕，只有他的兒子趙朔因為做了駙馬，住在宮中，暫時倖免；可是，屠岸賈當然不會忘記他，他假借君命，拿了弓弦、藥酒和短刀，要趙朔選一樣，趙朔選了短刀……

天更亮了，公主想著那些往事，一方面悲痛，一方面也有著「終於看懂了全部情節」的冷靜領悟，為什麼邪惡的人總是能控制全局，而善良的人卻毫無知覺地被引到陷阱邊，並且天真而毫無抵抗地掉了下去。

我不要哭，她想，孩子餵奶的時候到了，她不要讓淚水落在他平靜的小臉上。「如果是個男孩，」她記得丈夫臨死前，最後一次撫摸胎動時複雜的眼神，「就給他取個小名叫『趙氏孤兒』，他長大了，會為我們報仇！」

孩子吃完了奶，很乖的又睡了，錯覺上，她覺得他又長大了一點。這孩子長大以後會報仇嗎？她不敢去想二十年後的流血場面，她真正著急的是，憑著女人的直覺，她感到屠岸賈正想辦法要殺這個孩子，這趙家最後的骨血。她應該把孩子送出宮中，託人收養，但是四下守衛那麼嚴密，辦得到嗎？

這時候，剛好程嬰來了，程嬰是個大夫，整天藥箱不離地背在身上，趙朔在世時和他是好朋友，而現在，他來送一些產後的補藥。

「我找你來，其實不是要補藥，」公主的眼睛紅著，「我看孩子在宮中遲早會斷送在屠岸賈的手裡。程嬰，你有什麼辦法把孩子偷帶出去？」

程嬰低頭看孩子，忽然他想起他自己的孩子，初生的嬰兒看來很相像，這孩子注定要死嗎？他忍不住漲起滿眼淚水。他一面想起趙朔對他的恩惠，一面也想起私自藏匿孩子的結果，但他仍然點點頭。

「我可以把他放在藥箱裡，但是，如果將來屠岸賈要逼問妳，妳一露口風，我們程家也會有滅門之禍。」

「你放心，我不會洩漏的。」公主迅速吻了一下嬰兒，匆匆把孩子塞到程嬰手裡，「把他看做你自己的孩子吧，一切託你了！」公主說完逃命似的走開，程嬰不明白她去做什麼，等他明白時已經晚了，公主已自縊而死。

守門的將軍攔住他。

「你這藥箱裡放的是什麼？」

「那裡面裝些什麼？」

「一些生藥，桔梗甘草薄荷之類的！」

「好，你走吧！」

程嬰心慌，拔腿就跑。

「回來！回來！」

程嬰慢慢地不甘不願地往前挪，將軍盤問他一番，再度放他走，他情不自禁地拔腿又逃。將軍見狀，心下已經明白了八九分。此人的名字叫韓厥，他雖然是屠岸賈的麾下，內心卻很不屑主人這種殘害忠良的作風。對於公主和遺腹子，他是同情的，但又無能為力。當時，他遣走了手下的兵，打開藥箱來看。

「甘草、薄荷？我看是人參吧？」

他抱出小孩子。

「趙家滿門三百口人全滅絕了！公主剛剛也自殺了，」程嬰悲憤地落下淚來，「這一隻小根芽，你能放他一條生路就放，不放，我程嬰就跟他一起死！」

「你快抱他走吧！」韓厥說：「屠岸賈問起，我來對付。」

程嬰沒有想到事情這麼方便就解決了，更令他想不到的是，韓厥忽然拔出刀來，往脖子上一抹，就那樣乾淨俐落地死了。

「好好把孩子養成人，把這寃仇報了！」韓厥臨死時說了一句話，「我能幫的忙，就到此為止了，你快逃命吧！」

程嬰抱了藥箱，來不及哭，一路直奔太平莊而去，太平莊是退休老臣公孫杵臼所住的地方。

屠岸賈沒有料到事情會發生這樣的變化，公主自縊了，韓厥自刎了，嬰兒不見了，想要拿人來拷問，也無從下手。但他心裡又怕，怕孩子被什麼人盜去，總有一天，他會長大，回來報仇。

「哼，我還是有辦法對付你的，」屠岸賈的眼神中掠過最歹毒的恨意，「來人哪，就說靈公的旨意，要殺盡國內半歲以下一月以上的嬰兒，快，立刻就去！」

太平莊上，公孫杵臼正仗鋤而嘆，屠岸賈如此專權無道，他只好黯然引退，這幾年的田莊生活過得很愜意，但想起天下蒼生，他的心總有一種隱痛。

太平村絕少訪客，今天卻遠遠走來一個人，此人走得惶急，及至到了，他把裝孩子的藥箱放在芭棚下，便去見公孫杵臼。公孫杵臼很驚奇程嬰為什麼跑這麼遠來看他，及至程嬰把藥箱揭開，他看到熟睡中的嬰兒更不免大吃一驚。

「現在全晉國的嬰兒依法都要處死。」程嬰的面色悲戚，「我想到了唯一的辦法，希望老宰輔能玉成——」

「什麼辦法？」

「我自己年紀四十五了，前些日子我妻生了個男孩，還不滿一個月，按說是不會受刑的，但我想把孩子割捨出來，一方面救趙氏孤兒，一方面救晉國全國小兒的命運。我的辦法是請老宰輔先把趙氏孤兒藏好，然後去屠岸賈處告我，說我窩藏著趙氏孤兒。他考察我和趙家前後的關係，一定會相信的。那時候，他一刀殺了我和我的兒子，這趙氏孤兒就有救了！晉國嬰兒也都有救了！」

「這孩子，」公孫杵臼俯身抱起嬰兒，不禁悲從中來，「等他長大報仇，也要二十年哪！程嬰，你一片赤膽忠心，連自己的孩子也肯捨了，我公孫杵臼怎敢愛惜殘年？但是我今年也六十五了，等孩子成人，我豈不要活到九十歲，像我這種風中燭、瓦上霜的人，哪能預期那樣長命！依我看，這趙氏孤兒是要撫養的，晉國的嬰兒也是要救的，只是，方法要改變一下。」

「如何改變呢？」

「你把你那孩子送到我這裡來，你自帶著這趙氏孤兒回去。然後你去屠岸賈那裡告發我，說趙氏孤兒是我派人偷到太平莊上來的。屠岸賈派人來搜，我就陪你的孩子一起死了吧！你才四十五歲，你還來得及再活二十年。不要跟我辯，事不宜遲，快去辦吧！要知道，我引頸一死不難，你二十年辛苦撫養才是責任沉重呢，去吧！」

一切都照預定計劃進行，屠岸賈聽了程嬰的告密，想起公孫杵臼與趙盾的交情本來不薄，便派了大隊人馬把太平莊鐵桶似的圍了起來。

為了讓屠岸賈信以為真，公孫杵臼把小孩藏在山洞裡，然後堅不承認，屠岸賈氣了，令人用大刑棍打這位老人。程嬰在旁看著，只覺一杖杖都打在自己心上。

「程嬰，」屠岸賈說，「你也去打他，叫他老實說。」

程嬰把棍子拿在手裡，心中悽惶，這忠心的老人我怎能打他，但他終於咬緊牙，死命的抽下去，一杖、一杖、又一杖。

公孫杵臼感到徹骨地疼，他抬頭一看，原來是程嬰執杖，他知道他的用意，他不要自己再多受苦……

「太痛了，我受不了，我招了！」

正在這時，嬰兒被士兵從山洞中搜了出來，他驚惶地哭著，小手小腳無助地揮動。

「哈哈，你說沒孩子，這孩子哪來的？」屠岸賈高興地接過嬰兒，摔在地下，「看啊，趙家最後一個小孽種，一劍——二劍——三劍——」

程嬰急急避過頭去，只覺整個心碎成模糊的一團，那是三千劍三萬劍的斬剁……

「公孫杵臼，」屠岸賈繼續狂笑，「你好義氣啊，你既然敢收留這孩子，現在就跟他一道做鬼吧！」

「放心，不勞大駕，我今日死了，你也不過再多苟延殘喘幾年罷了，這世上多的是公忠純良的英雄，有一天你會明白——」

公孫杵臼說完，一頭撞死在階石上。

「程嬰，」屠岸賈除了大患，喜形於色，「你真是我的好心腹，你就在我家做個門客吧！我會養著你的，我聽說你最近得了個兒子。我自己呢，快五十歲了，還沒有子嗣，你那兒子就給我做義子好了，我這大片家產將來不都是他的嗎？」

程嬰跪在地下叩謝恩德，大顆的淚水啪啪的滴濕了一地。一老一少的屍體在他旁邊橫著，他感到自己是鮮血滴盡的第三個死者。

二十年過去了。

那孩子從趙氏孤兒改名叫程勃，又從程勃改名為屠成，他對自己的身世一無所知。

屠岸賈教屠成十八般武藝，他眼見自己的肌肉逐漸衰微，好幾年前他已經就不是孩子的對手了。他為此感到自豪，他的野心更大了，他希望殺了靈公，奪下晉國。

屠成這一天從教場中演習完弓馬，回到程嬰的家中，程嬰正坐在書房中看一本手卷，眼淚流個不止。

「咦？爹爹，您怎麼了？有人敢欺負您嗎？」他看起來高大強壯，彷彿天下的事都難不倒他，「告訴我，我絕不饒他。」

「算了，這種事告訴你也沒用，你去吃飯吧！」程嬰說著，逕自走了。

屠成好奇，趕緊把手卷拿來看，手卷上畫著一幅一幅的畫，他看來看去，卻無法貫穿：他看到有人撞樹而死，他看到一位紅袍朝臣縱犬去撲紫衣朝臣，他看到英挺的將軍選擇了短刀自刎，溫柔的婦人將嬰孩依依地交給一個醫人，自己卻自縊了……，屠成越看越糊塗，但卻知道故事裡有一方是受欺負的，他為此氣忿不已。

程嬰出現了，事實上他根本沒走，他藏在那裡看這個懵懂不幸的孤兒，看到他天真激憤的表情，他放心地走出來。

「這個故事，跟你也有關係。」

「快點說給我聽！」

「這故事好長呢，」程嬰慢慢說起，「話說那穿紅的和穿紫的原是一殿之臣，一文一武，可是，穿紅的卻忌刻那穿紫的……」

故事一路說下去，說到孩子出世，開始出現了程嬰的名字。

「程嬰？是爹爹您嗎？」

「你別急，天下同名同姓的人多呢！」

及至說到程嬰捨子，公孫杵臼捨生，只見屠成捏緊雙拳，淚水開始打轉。

「算來從程嬰的孩子剁了三劍，從那公孫杵臼撞階而死，到現在也二十年了，那趙氏孤兒也二十歲了，到現在父仇未報，母仇未復，紅衣奸賊依然權傾一時，我不知他活在天地間做什麼！」

「故事我是知道了，可是紅衣人是誰，紫衣人是誰呢？」

「你真要知道嗎？那紅衣人是奸臣屠岸賈，那紫衣人是你祖父趙盾，短刀自刎的趙朔是你的父親，自縊身亡的公主是你母親。我，就是那捨子救孤的程嬰，而你，正是那有仇未復的趙氏孤兒！」

一時之間，天旋地轉，原來自己既不是屠成，也不是程勃，而是趙氏孤兒，他氣沖血湧，竟昏倒了過去。

「父親啊，謝謝您這二十年來費心的撫養，」他醒過來，深深地拜了程嬰，「也謝謝您捨了親生兒子存留了我的性命！他們一個個捨生取義，我怎能這樣安安詳詳、舒舒服服地活著？」

第二天，他把一切經過奏告朝廷，剛好靈公也已發現屠岸賈兵權太重，有篡奪之意，正想剪除他，所以命趙氏孤兒下去捉拿屠岸賈。

「屠成，你這是做什麼？」屠岸賈在市上被一把抓住，不解地大叫。

「我不是屠成。」

「程勃——」

「我也不是程勃。」

「那你是誰？」

「我，」他仰天而悲，「我是你殺了趙家三百口仍然殺之不盡，唯一留下來的小根苗——我是趙氏孤兒！」

屠岸賈驚呆了，這是上天的懲罰嗎？起先他還懷疑是別人挑撥，但程嬰趕來，把事情從頭說個清楚，如今他已是七十歲的老人，許多年來乖僻囂張，周圍已沒有一個朋友。這孩子是他在這世上唯一所愛的，並且也愛他的人，他沒有想到天網恢恢，他二十年來竟在替仇人撫孤。他沒話說了，他鬥不過天理！

屠岸賈被處死，趙氏孤兒恢復了本姓。

國君恢復韓厥上將身後的官銜，為公孫老臣立碑造墓，並且另賜十頃田莊給程嬰養老。

那屠岸賈至死沒有想通，為什麼這世上有那麼多不羨名利權位，卻敢於去捨生或捨子的人？

「不是我計謀不周全，」他至死不悔地想，「只是誰會想到世上竟有像韓厥、公孫杵臼和程嬰他們那種人！」

中山狼

明・王九思

作者王九思，字敬夫，號渼陂（ㄆㄧˊ pí），陝西鄠（ㄏㄨˋ hù）縣人。明弘治九年進士，為人疏脫不拘，不見容於當時。散曲、雜劇都寫得很好，與康海性情、遭遇都相近，兩人常互示作品以為樂，《中山狼》康作在前，王作在後，是他們後來唯一傳世的作品。

幾天以前，東郭先生牽了匹驢，馱了滿箱的書，從燕國出發往魏國去。這一天早晨，他正經過趙國中山地方，那裡有一片美麗的山林。

真是一個愉快的早晨，這次蒙魏王相邀，要他去談論「墨翟之道」，看來自己的名氣是越來越大了。東郭先生是篤信墨家利人濟物的道理的，在七國熙熙攘攘的政治擂台中，他相信這種忍苦犧牲的宗教精神是最能救世的。

太陽漸漸升起來，枝上小鳥相呼，草叢間偶有野兔一縱而逝。

忽然，遠遠的，他看到一大隊人馬，像潮水一樣急速地淹流過來，東郭先生一時看呆了。

「好漂亮的陣仗！我這輩子還沒看過呢！」

來人的衣服閃綠耀紅，在陽光下愈發顯得搶眼，等更近一點，他又看出來人不但衣服光鮮，其本人也個個都是高大健壯、猿臂鷹眼的美少年。看他們各挽弓箭，獵狗又呼嘯相隨，想必是一支皇家行獵的隊伍。

東郭先生因為是墨家，所以一向過著簡樸刻苦的生活，幾曾見過這種富貴華麗、駿馬鮮衣的皇家生活？

「喂，」有一個小兵注意到他，「那邊站的是什麼人？」

「我是燕國的東郭先生，要到魏國去，經過趙國。」

「剛才有一隻狼往這邊跑過來，」那人氣勢洶洶，「你一定看見了，快說，狼往哪裡跑的？」

「狼？我沒看見啊！」

「你那箱子那麼大，裝的是什麼？搜！」

「哎呀，只不過是些書，不要弄亂了。」

「你這人行跡可疑，」搜不到東西，他又找理由罵人，「好好的，不走路，站在路邊幹什麼？」

「不是不走，一頭小毛驢，怎麼可能走得快呢？」

「你如果看到狼，不准瞞我。」

「不敢，牠一定是逃了！」

那小兵忽然拔了刀，發狠勁，往地下一砍。

「你要敢騙我，我就照剛才那辦法對付你！」

東郭先生往地下一看，地已經被他剁出好深的口子。

「算了，」坐在最漂亮的那匹駿馬上，顯然是領袖的人物說話了，「他不知道，你問也問不出要領，我們趕到別處去找吧！」

忽然間，像變魔術一樣，整隊人馬一舉鞭，又都旋風般地消失了。

東郭先生坐在路邊，一時好像還無法回到現實中來，剛才說話的可能是趙簡子。這是東郭先生第一次感受到權力、財富的壓力，呼嘯而來，絕塵而去，強弓利箭，任意射死自己並不需要殺的東西……他要好好想想這些事情。

這時候一隻帶箭的狼，猛地竄到東郭先生身邊，他著實嚇了一跳。

「師父，救我。」狼小聲地哀求。

東郭先生望著狼的眼睛，很不忍，便舉手替牠把箭拔下來。

「你就是他們那群人追趕的那匹狼嗎？」

「就是我，可是，師父，光拔箭還不能救我。」

「你要怎麼樣，我是路人啊，我沒有地方可以藏你。」

「你把你的書拿開，把我塞進去，不就得了。」

「你這麼大，書箱這麼小，怎麼裝得進呢？」

「你拿一根繩子，把我手腳綑了，把我的腳按到胸口去，再把箱蓋鎖上，馱在驢上，誰會知道呢？」

「好吧！我們墨家是救人第一。」

東郭先生把心愛的書一一搬了出來，又費了九牛二虎之力才把狼給塞了進去。然後趕著驢，慢慢往前走。

「師父，我今日如果有了命，將來一定會報恩的。」狼一面保證，一面怕得在箱子裡發抖。

打獵的行伍在山林裡竄來竄去，忽東忽西，他們和東郭先生的距離也時遠時近。

「他們還沒回頭嗎？」狼說，「我綑得不舒服啊！」

「再忍一下，他們就快回去了。」東郭先生必須裝成心閒氣定的樣子，「啊，好了，他們走了，走遠了！」

他打開了鎖，狼高興地跳出來。

「師父大恩大德，天地鑒察，我如果辜負先生，就不得好死！」

「算了！我不指望你報恩，只希望你好自為之。」

狼拜別了東郭先生，像離水的魚重新回到波中，他帶著腿上的箭傷走了。

可是，轉了一圈，牠忽然停住腳。

「奇怪，怎麼肚子這麼餓？對，早上一早便被趕得沒命地跑，心裡一緊張就忘了餓了。」他想了一下，「不行，現在雖然沒有弓箭的危險，可是飢餓一樣可以讓我死掉的啊！」

他的力氣已經耗盡，要去捕殺什麼小動物也已經力不從心，想著想著，牠詭秘地笑了。

「嗯，那師父像是個善心人，乾脆，我再去找他，請他好人做到底！」

「你怎麼又來了，」東郭先生驚奇地問。

「我從一大早出師不利，什麼都沒有抓到，還險些給人抓走了。現在，靠先生的大德，這條命算是揀回來了，但現在我的新麻煩是餓得要死，眼看著揀回來的這條命又要沒啦——」

「可是，你來找我有什麼用呢？我也不會抓兔子給你吃呀，況且，老實說我自己也餓了——」

「我倒有一條妙計，只是不好意思開口……」

「說來聽聽嘛，大家商量商量。」

「思想起來，我若餓死，師父當時不如不救。」

「不救？你身帶箭傷，投奔於我，我怎好不救？」

「既然救了，就請師父好人做到底，現在就捨身讓我吃了吧，師父的大恩大德，我將來一起回報好啦！」說著，牠撲上前去。

「天哪！我救了你，你竟要吃我，」東郭氣得發抖，「天下哪有這種事，太忘恩負義了。」

「先生，你這話說得就不對啦。天下忘恩負義的事才多呢！你看那些穿得人模人樣的君子，受完了別人的恩惠有誰記得的！碰到便宜處，還不照樣下手占便宜。還有些亂臣賊子，他們什麼背信棄義的事做不出來？我不過是個禽獸，師父不必搬出那番道理教訓我。」

「好，讓你吃倒也罷了，但我就不信你說的那番歪理，咱們往前走，碰到誰就問，連問三個，看誰說的有理？」

於是他們往前走，首先碰到的是棵老杏樹。

「該吃！該吃！」聽完了申訴，老杏樹狠狠地點頭，「世界上的事本來就是如此，記得從前主人把我種下，才三四年，我就不斷結杏子，他們一家又吃又送又賣，到現在四五十年了。如今我老了，結不出杏子來，他們就翻臉無情，把我劈來當柴燒。前些日子劈我的枝子，不久聽說要把我連根挖起！哼，四五十年的恩都可以辜負，你那一點恩算什麼！」

狼聽了，喜得拍手，連忙理直氣壯地去咬東郭先生。

「走開，我們說好了要問三個對象，還有兩個呢！」

第二次他們遇見的是老牛。

「當然該吃，」老牛慢慢地說，「你看我，從小為主人耕地、拉車、碾糧食，現在我老了，力氣用盡了，主人就把我丟在這荒郊野外。這還不說，我主人的老婆更刻薄，她居然說：『丟在那裡可惜，一條牛值好多錢哩！待我去找個屠夫來把牠殺了，皮賣去做鼓，肉賣給牛肉店，內臟我們自己吃，牛角賣去做簪子，骨頭呢，燒成灰可以漆漆傢俱。』聽說他們都講好了，過兩天就要來下手了。」

東郭先生又悲哀又氣憤，真是有理說不清，他的思想，他的哲學，他滿箱的書，到此時什麼用場都派不上了。

正在這時候，一位白鬍子老人走了過來。東郭先生心裡湧起一線希望，他覺得這人簡直是搭救他的神明。

「哦！你們的問題我聽懂了。老杏、老牛的話我也知道了。」老人轉臉問狼，「他真的救過你？」

「救是救了，」狼一邊說，好像忘了早上的事了，「可是，哎呀，對我可不太好呢，他粗手粗腳的，綁得我手腳發麻。」

「不過，我倒不信！」

「你為什麼不信？」東郭先生和狼都很驚奇。

「你們騙誰？狼那麼大，箱子那麼小，你們當我傻瓜嗎？」

「是真的呀，」狼說，「他把我綑得很緊，塞在箱子裡。」

「口說無憑，」老人一副不想管閒事的樣子，「除非你們再表演一次，否則我才沒興趣管你們這種痴人說夢呢！」

東郭先生和狼都同意了，這一次，動作很快，一方面由於不心慌，二方面也由於有過一次經驗，到底熟練些。

「你看，他剛才就這樣，把我弄得很不舒服。」狼說。

「你身上佩的是什麼？」老人問東郭先生。

「一把劍。」

「你這傻瓜，你還等什麼？」

「等你相信了來評理啊！」

「這有什麼理可評，」老人又好氣又好笑，「跟這種大壞蛋有什麼理好評？你這種傻書生！想不通的是你，我早就知道怎麼回事了！現在唯一評理的辦法就是那把劍，殺了牠就完了。」

「我，我，」東郭先生猶疑著，「我不忍心！」

「快放我啊！」狼在裡面暴躁的叫著，「我餓了，要吃啦！」

老人一聲不響，搶過劍，只往皮箱裡一刺，裡面就安安靜靜了。

老人把劍還給東郭先生就轉身走了，東郭怔怔地站著，聽狼血啪達啪達往地下滴的聲音，他迷惘地想，作為一個學者，此番見了魏王，該說什麼才好呢？

九更天

清・平劇・佚名

作者佚名。此劇至今仍為平劇常上演者，一般觀眾常把劇中「滾釘板」等部分當作「雜耍表演」看。

米進圖從惡夢中醒來，一身冷汗。

「可怕，哥哥七孔流血，要我報仇，會不會真有這回事？」

米進圖父母早亡，是哥哥米進卿一手把他帶大的，這天他為了趕考，第一次離家宿在客棧裡，沒想到竟做了個這樣的惡夢。

「會不會是初離家的關係？會不會是我太想哥哥了？——馬義，你在哪裡？」

「二東人，有事找老奴嗎？」馬義的臉色看起來疲倦慘傷，「老奴昨夜夢見——」

「什麼？你也夢見我哥哥七孔流血而死嗎？」米進圖叫了起來。

「二東人怎麼知道老奴的夢？」

「趕快算房錢回家，晚了怕來不及——我昨夜也作了這個夢。」

「大主母請開門！」馬義在門口拍門大叫。（大主母即女主人之意）「二東人回來了！」

門開了，嫂嫂姚氏一身重孝。

「嫂嫂為何穿這種孝服？」明知凶多吉少，米進圖還是開口問話。

「二叔，你剛走，你哥哥就得了暴病，一下子就死了。」

米進圖走到靈堂，跪在地上痛哭不起。

「哎呀，二叔，人死就死了，反正也不能復生了，」姚氏居然毫不悲傷。「你一個人在這裡哭太冷清了，我來陪陪你吧！」

「那算什麼話，叔嫂總要避點嫌啊！」

姚氏悻悻然走了。

「侯花嘴，你看這可怎麼辦才好？」姚氏走到隔壁，找到她的相好，「那米進圖回來了，萬一我們幹的事洩漏了可怎麼得了，我看他不好對付呢，他是念過書的。」

「嘿，我才不怕，我有的是計謀，妳來，我告訴妳，我去打點酒，把我那醜八怪老婆灌醉，今夜砍下她的頭，然後把頭藏起來，」侯花嘴說得輕鬆方便，「咱們趁黑把這無頭女屍換上妳的衣服，丟到妳家門口去，然後我就嚷起來，說米進圖逼姦寡嫂不成，把嫂嫂殺了。這樣一來，他就得去償命，妳我就能長久過太平日子了。」

「哎呀，你真聰明。」

「不過妳要小心藏起來，不要露面——讓別人以為妳真的死了。」

事情進行得很順利，倒楣的米進圖被糊里糊塗的官差押走了。

米進圖是秀才，原來可以不吃太多的苦，但縣令找人去問他老師要不要保他，老師聽說出了這樣大的案子不肯來保，縣令便叫人摘了他的頭巾，動起大刑來。

「快將殺死寡嫂之事，從實招來。」

「我沒有做的事，有什麼可招的？」

公差將米進圖拖倒在地，一件件刑輪著來。

「我招了，」米進圖漸漸不支，心裡想，這種大刑如此慘毒，倒不如招了，既使處死刑也痛快些，「你們說的件件都是事實。」

公差立刻把他拖下監去。米進圖沒有想到世事滄桑，竟至如此，前天，他還興沖沖地去趕考，自以為有無限光明的前程。昨天，他回家，竟然成了奔喪。而今天，不明不白的，他成了待刑的死囚。

「冤枉！冤枉——」一個蒼老淒涼的聲音傳來。

「什麼人喊冤？帶他上來。」

「一個老頭——」

「你叫什麼名字？有什麼冤枉？」

「我叫馬義，不是我的冤枉，是我家二東人的冤枉！」

老人雖老，眼神和聲音卻毫無退縮害怕的樣子，他接著把整個事情經過說了一遍，「二東人是冤枉的，昨夜他守了一夜靈，不可能去殺人，我可以作證。」

「你家二東人自己已經供了！」

「什麼？他已經供了，」他憤怒地叫起來，「那也一定是他受不起刑胡亂招的，他不會殺人的。」

「罷了，我要退堂了，」縣令冷漠地說，「你算是個義僕，你想救你主人，可以，限你三天內去把那無頭屍的頭找來結案！」

馬義急得心裡火燒一樣，大東人不明不白地死了，二東人的命也在旦夕之間。米家多年來一直恩待他，他不能在這時候丟開不管。

可是，到哪裡去弄個人頭來呢？

馬義急昏了，竟想到自己的女兒，如果她肯死，他就有一顆人頭，就足以證明女屍不是米家大主母的，二東人的嫌疑也就脫了。

但是一旦跑回家，他還是不知如何開口，他轉彎抹角把二東人的不幸告訴了老伴。

「哎，哎，」老伴哭了起來，「二東人平日待我們恩高義厚，我們每有急難他都當是他自家事一樣幫忙，現在這節骨眼上我們可拿什麼來還報人家。」

馬義說出了限三日內交出人頭的事。

「別的還好，這人頭，卻到哪裡去找呢？」馬老娘驚訝的問。

「只有一個辦法……」馬義不知怎麼說，「把女兒月香的頭……」

他說不下去。

「什麼！」馬老娘急得擋在月香面前，「我們年紀老了，又只這一個女兒！」

月香聽了，也驚駭地哭了，她正年輕，她不要死。

「為人的道理應該如此啊！」馬義也哭起來，「你不聞俗語說嗎？『受人點水恩當報湧泉』！」

「不，不，萬萬不能！」」馬老娘像瘋了一般，她抵死也要保護女兒。

馬義把鋼刀擲過去，月香接住了。

「爹，娘，」月香收了淚，「孩兒自刎了！」

說著，她倒在血泊之中。

「大爺，」馬義面容哀戚地來到衙門，一日之間，他竟又老了十年。「人頭找來了！」

「你騙我老眼昏花嗎？」縣令生氣的叱罵，「你這人頭是假的！」

「怎麼……怎麼……是假的？」

「那女屍已是中年婦人，這人頭卻顯然是年輕輕的少女，你從哪裡弄來的？說！」

「我，我二東人委實沒殺人，叫我去哪裡弄人頭，我心裡一心要救主人，沒奈何，回去和老妻商量用女兒的人頭，女兒深明大義，一心想報二東人多年的恩德，就……就……舉刀自刎了……」

「好了，好了，你真算一名義僕。即是義僕，我教你一個辦法，你還是死了心，去替你的二東人買一口好棺材吧！」

馬義失魂落魄地走出來，絕望地坐在路邊。一口棺材，一口棺材，二東人是他從小帶大的，他又寬厚又聰明，眼看就要走功成名就的正路，而現在，現在一切改觀了，難道他真要去為他買一口棺材嗎？

忽然，他聽到街上有人開道，是奉命出朝的聞太師經過。

「試試看，」他想，「我乾脆去告縣令一狀。」

「冤枉啊——」他顫聲唱著。

「誰？」

「我是馬義，前來告縣令，望太師為我伸冤。」

「大膽！」

聞太師大喝一聲，這案子蹊蹺，他故意刁難，來看馬義的反應。

「你竟敢告縣令，你可懂王法？」

「懂！」馬義毫不畏懼，「我正是因為相信天下有王法，所以來的。」

「亂告狀誣賴人的這裡有虎頭銅鍘（ㄓㄚˊ zhá）！」聞太師試探他。（註：鍘器略如斷頭臺）

「虎頭銅鍘算什麼？刀山我也敢上。」

「好，銅鍘搭上來。」

有人把馬義的頭放到鍘口，只要一按機關，人頭就會落地，但馬義顏色不變，聞太師暗暗驚奇。

「除了虎頭銅鍘，我還有三十六根神釘板，你敢去滾釘板嗎？」

「只要能為主人伸寃，別說釘板，油鍋我都敢下。」

馬義被剝了上衣，赤膊滾過釘板，等站起來的時候，已是滿身鮮血。

經過這一番考驗，他的案子受理了。

夜深了，聞太師到城隍廟上香。

重重陰影中，米進卿、馬月香、和侯花嘴的妻子三個寃死的鬼魂飄幌幌也來到了城隍廟。

聞太師上完香，累了，打了個小盹，三個人的鬼魂便同時來託夢，三張悲苦無告的臉在聞太師的夢境中浮起，他們不說話，只深深地向他叩拜下去，聞太師想看仔細點，他們卻已消失了。之後他看見一隻猿猴，口含著花，驀然間，他醒來了，時間正是三更。

按照縣令手判的刑期，執行的時候應該是五更，

時間眼看來不及了。公文往返是需要時間的。

五更打了，奇怪的是天竟不亮，更夫呆了，從來沒有發生這種事情。

又過了一個時辰，天地仍然一片黑暗。

「怎麼辦？」兩個更夫互問。

「打六更吧！」

「只有五更，哪有六更？」

「那有什麼辦法，天不亮，只好如此。」

又過了一個時辰，天仍不亮，他們打了七更。

這時候，聞太師的公文到了。

「什麼時間了？」縣令也糊塗了，「怎麼天還沒亮？」

「七更了！」

「七更？」縣令暗自心驚，從來沒聽說七更，竟然天還不亮，這其中必有隱情，聞太師的公文也說要詳問這件事，他心虛了。

「你被人告下了，」聞太師親自來了，「米家的僕人馬義認為你案子問得糊塗，把米進圖提出來再問吧！」米進圖又把事情重點說了一遍。

「案子是誰告發的？」聞太師問。

「是他們一個鄰居，」縣令很惶恐，「叫侯花嘴的。」

「侯花嘴？」他忽然想起昨夜夢中的三個鬼魂，以及口中含著一枝花的猿猴，「把他帶來。」

由於作賊心虛，侯花嘴一聽說官府有請，已經嚇得腿軟臉白了，聞太師察顏觀色，已有七八分把握。

「你的事我們全知道了，你還是從實招來吧！」

侯花嘴信以為真，立刻照實說了。

「我跟米家大娘子早就私下來往了，只是礙於米進圖，不方便。前些日子，他們主僕走了，我們兩人就趁機對米進卿下了手。沒想到米進圖又回來了，我們怕他發覺，就把我老婆李氏殺了，人頭藏在床底下，身上換了姚氏的衣服，趁黑丟到米家門口，好誣賴米進圖姦殺嫂嫂，等除了他，我們就方便了。」

公差依言找到了人頭，姚氏也承認了，米進圖恢復清白。

刑具早已準備好了，但被殺的不是米進圖，而是那一對邪惡的男女。

案子已經了結，聞太師卻仍坐著不動。

「米進圖，你有今天的性命，全靠馬義這義僕。他為了想救你的一點愚忠，甚至連女兒都犧牲了！米進圖，你是讀書人，應該明理，從現在起，你不可以再視他為僕人，你應該拜他作義父，奉養他的天年——」

「是的，晚生也正是這樣想。」

米進圖轉過身去，神色凝重地跪倒，恭恭敬敬的叫了一聲「爹爹」。

馬義原先因思念亡女而悽愴落寞的臉上，閃過了一絲驚喜欣慰的笑容。

外面更夫打下第九更，長夜消失，天，終於亮了。

五、歷史劇

桃花扇

桃花扇

清・孔尚仕

孔尚任（一六四八～一七一八）山東曲阜人，為孔子六十四世孫，字聘之，又字季重，又號東號、肯堂，自稱雲亭山人，博學有文名，通音律。曾為「國子監博士」、「戶部員外郎」，除《桃花扇》外，另有詩文《闕里新志》、《岸塘文集》、《湖海詩集》、《會心錄》、《節序同風錄》等。

孔氏寫《桃花扇》不但重曲文，也重說白，本劇說白之優美深激，為一般劇所不及。唯一般人如梁啟超多賞其〈哭主〉、〈沉江〉或〈餘韻〉，本書所選〈閒話〉由一小人物來悼念大明朝之亡國，益見真情。

「原來——姹紫嫣紅開遍——
似這般——都付與斷井頹垣——
良辰美景奈何天，賞心樂事誰家院——
朝飛暮卷——雨絲風片——」

崇禎年間，秦淮河畔，纖小秀麗的李香君正在跟師父蘇崑生學唱《牡丹亭》。

「不對，不對，『絲』字要唱得蘊藉，要唱在喉嚨裡面。」

《牡丹亭》，故事中為情而死，為情而生的杜麗娘，為著素未謀面的夢中男子而殉情的故事。香君唱著，一顆心，莫名地淒傷起來。作為名妓李貞麗的養女，她注定要成為一個娼妓，秦淮河水流盡六朝金粉，前面將有怎樣的命運等著她？

「遍青山——啼紅了杜鵑——荼蘼外——煙絲醉軟——」

而金陵舊城，處處勝景繁華，大明朝最後的殘陽，兀自焚著一片亮麗。

沿著莫愁湖走，侯方域和友人一起去看道院中的梅花。

「我們去聽柳敬亭說書吧，他這人真不簡單，」吳應箕說，「我看他是我輩中人，不過隱身說書場中罷了。」

柳敬亭果然狡黠，他居然對這般文人大說《論語》的故事：

「當時魯道衰微，我夫子自衛反魯，然後樂正，那些樂官才恍然大悟，愧悔交集，一個個東奔西走，把那權臣財勢之家鬧烘烘的排場，頃刻冰冷……」

這人一開口就不俗，他看來是有許多話要說，許多抱負要伸展的一個人，他在故事背後期望怎樣一位人物來「正」怎樣的「樂」？

流寇連敗官兵，並且漸漸逼近京師，左良玉將軍駐守襄陽，中原無人，大事顯然已不好，金陵古城的梅花暗香一陣陣不安地浮動著。

清明三月，柳絲漸漸舒金散碧，金陵名妓相約到煖翠樓舉行「盒子會」。赴會的全是鶯鶯燕燕的姐妹，彼此都是手帕交，各人帶一個菜來，大家飲酒作樂，唱曲逍遙。在這裡，她們有其尊嚴和歡樂，逢年過節，大小喜慶，全都是她們休假聚首的好日子。

「男人也可以去嗎？」侯方域聽說這好玩的會聚很想看看。

「不行，規矩很嚴，不准男人去的。」有人向他解釋這種風俗，「不過，男人可以站在樓下，看到你中意的人，就丟個傳情的信物上去，她們如果中意呢，也就丟個定情的表記下來，那就要看運數了。」

「聽說有個叫李香君的——」

「哎呀，香君不能算她們淘裡的，她只是陪著她娘李貞麗罷了，她呀——真不得了，人還沒有出道，已經豔名四播了，長得嬌小玲瓏，一條嗓子脆生生的真好聽哪！……」

及至侯方域站在煖翠樓下，才發覺李香君其實比別人傳說中的更美麗清雅。他順手將南海檀香木做的扇墜子拋上樓去，而樓上也丟下包著鮮紅櫻桃的雪白手巾，才三月呢，是初熟的櫻桃吧？

而事實上，侯方域傾慕香君的話，早有人傳給李貞麗了。今天當面見了，李貞麗對這位世家公子是很滿意的。與其讓孩子在風月場中廝混，不如趁早嫁個好對象。她是過來人，她愛香君，她不要讓她吃一點苦。

事情很快說攏了，喜期也定了，禮物和酒席的一切需用，包括香君的衣服首飾，算來大概要二百多金，朋友楊龍友竟一口應承了。侯方域暗自慶幸自己的好運氣，有朋友肯輸財，有美人肯垂青。

婚禮辦得十分熱鬧風光，喜筵之後賓客鬧房，侯公子解下了隨身所佩的宮扇，送給香君。大家又起鬨要香君捧硯，公子題詩，歡樂的場面一直鬧到深夜。

事情並沒有侯方域所想的那麼單純，美人的垂青是真的，楊龍友的熱心卻另有居心。新婚第二天清晨，楊老爺又來相賀，香君有點動了疑。

「楊老爺，恕香君直言，您自己平日也不寬裕，平白為我們花了這麼多錢，香君很覺不安，今天想把此事多知道一點，以便來日圖報。」

「妳不問，我也不好說，我其實哪裡有錢？這錢三百金是阮圓海交給我的，指名要送給侯公子的。」

「阮圓海？就是阮大鋮嗎？他拿錢來幹什麼？」侯公子問。

「他也是一番好意，聽說你客途中不豐裕，特來促成這段姻緣，他又怕你心高氣傲不肯接受，所以託我冒名代送。」

「他其實算來是我的長輩，人又聰明，一本《燕子箋》，不但寫得好，演得也好，沒有一字一句不講究，可是——我不恥他的為人，早就跟他斷絕來往了。」

「唉，他也有一段苦衷啊，他原來是趙夢白門下的人，夢白先生就是給魏忠賢那奸賊害死的，算起來他的立場是和我們一樣的。後來，他一度跟魏黨合作，其實那是不得已的權宜之計，他為的是救東林（註：東林指東林黨，是一些講原則、講道統的學院派人物，全盛時勢力頗強大，喜歡指摘當政，無所避忌，先為魏黨所忌，及魏黨消滅後又為宦官所陷害），沒想到魏黨一敗，東林方面也不諒解他，再加上你們復社的朋友最近也在大力攻擊他（此處復社指崇禎年間，合南北文社中人於吳縣，名取「興復絕學」之義，聲勢頗為浩大，至福王時，與阮大鋮衝突，發生黨禍，牽連太多，終至消亡），他覺得很遺憾，常在家裡嘆氣，恨大家不能同心，阮先生早就聞說公子的大名，想要借你之力跟復社的人解除對立。」

「好呀，復社那批全是我朋友。」

「不行，阮大鋮這種人是牆頭草，一會倒魏忠賢，一會又以東林黨人的保護身分自居。連我都看不起他——拿走拿走，我才不稀罕他的衣服！我不要公子為我所累！」

李香君發起性子，把身上的外衣和頭上的珠翠全脫了下來，擲出門去。

原來香君氣性如此剛烈，侯方域第一次發現這位美人的另一面。

「東西拿回去吧，阮圓海那番話是假的。他實在是個趨炎附勢的小人，我不能理他了。作個男子漢，我不能比不上香君。」

楊龍友自討沒趣，只好走了。阮圓海對復社的人更加惱怒萬分。

在武昌，左良玉帶著三十萬人馬駐守。一個月前，他還曾向盛產稻米的湖南借了三十船糧食，沒想到一眨眼間竟又消耗完了。飢餓的兵大聲請願，三十萬人的聲浪委實可怕，一副要兵變的樣子。傳話的人告訴群眾江西糧餉即日到達，可是他們依然高聲大叫。

惶急中他傳下話去，說，為了緊急應付之道，部隊不日開拔，到南京去，那裡不虞缺乏。

聽說要移駐南京，群眾高高興興地散了。

留下左良玉，兀自發怔，私自移防，不是小罪名，這場是非，將來說不清了。但餓兵一反，問題更大，挖肉補瘡，眼前也只得如此了。

楊龍友匆匆跑去柳敬亭的說書場中。

「侯公子！大事不好了，虧你還有心情在這裡聽說書呢！」

「唉，我們也無非談一回剩水殘山，孤臣孽子，相對流場眼淚罷了。」

「左良玉領兵東下，要搶南京——說不定有窺伺北京的意思，兵部（註：約等於國防部）尚書束手無計，叫我找你商量一條計策。」

「找我想計策？」

「是呀，你忘了，令尊是左良玉的老長官，左良玉一向佩服他老人家，如果能得令尊一信勸告，事情就可制止。」

「家父早退休了，就算他肯寫，河南老家往返三千里，怎麼救得了目前之急呢？」

「這樣吧，事情至此，也只有權變一下，你先假令尊之名寫了信，然後再稟告令尊，想他老人家也不至深責的。」

侯方域當下抓了筆，一揮而就。

「寫得好，」楊龍友在一旁讚歎，「可是，要找個什麼樣的穩當人來送信才好？」

「讓我去吧，」柳敬亭不慌不忙地說，「你們別看我個子高，我並不是飯桶，一切隨機應變的口才，左衝右擋的臂力，我都有一點呢！」

柳敬亭帶著密書，一路到了武昌，找到左良玉將軍，總算把信呈上了。

「唉，敬亭先生，你有所不知。」左良玉一肚子苦水，「這座武昌城，因為被流賊張獻忠洗劫過，十室九空，鎮守在此，沒有糧草，餓兵一鬧，連我也做不得主啊！」

正說著，有人奉上茶來，柳敬亭順手便把茶杯擲碎了。

「你這人怎麼這麼無禮？」

「對不起，不是我，是我的手要摔的。」

「呸，這倒怪了，手是你的，你的心作不了主嗎？」

「唉，心若『做得了主』，怎麼會叫『手下』亂動呢？」

左良玉一愣，這人不簡單，當下正在擺飯，柳敬亭一面毫無禮貌的大叫「好餓，好餓」，一面竟大踏步自己往裡面走去。

「喂，喂，飯擺在這裡，你不能入內，你只許在這裡。」

「啊喲，太餓了嘛！我要進去吃！」

「哪有這種規矩？太餓就准你入內去嗎？」

「喲，『再餓也不准入內』，這道理原來將軍是懂得的哩！」

左良玉更為吃驚，這人究竟是誰？怎麼處處機鋒！江山萬里，盡有豪傑人物，一介說書人尚且如此，我左良玉總要愛惜一世英名啊！

沒想到寄書一事，對侯方域而言竟惹出許多災禍來。阮圓海那批人一口咬定他「用密語、假密使、寄密書」，「時常私通，圖謀不軌」，這事簡直無從辯起，楊龍友急急相報，希望他避過緝拿，遠走高飛。

「我，我納香君才半年啊！」

李香君停下板節，當著蘇師父、養母和公子，立刻正了顏色：

「公子，我所以委身於你，是羨你的豪氣，在這種節骨眼上，凡是忠良之士，都當為國自重，哪裡可以作此兒女情態！」

大家商量著，香君在一旁收拾行裝，行程終於決定了，先依靠史可法去，再作計較。

又是春天，又是三月，春訊不來，傳來的是三月十九崇禎皇帝縊死煤山的消息。左良玉換上白衣哭祭，史可法將信將疑，靈通的如馬士英、阮圓海等人，卻已經在著手進行再迎立一位遠房的福王繼承帝位，許多人奔相走告都想去插一腳，能迎王有功，大概總有一杯羹可分吧！

而侯方域頗不以福王為然，他分析福王無論就道德、氣魄和能力各方面，都不足以成大事，史可法也就有些猶疑。但福王還是被迎立了，一時，許多熱心奔走的人都成了新貴，馬士英算功勞最大的，史可法雖然態度冷淡，但因手上有兵權，仍然做兵部尚書，一朝天子一朝臣，誰又知道這一班君臣各人作怎樣的打算，有怎樣的命運？

新貴中有一個叫田仰的，有了錢、有了勢，忽然想納一個小妾，拿了聘金三百，叫楊龍友幫他找一個。楊龍友是個沒原則的人，他立刻又想到李香君。照他看，李香君雖不曾真正執壺賣笑，但總是娼家的人，從小耳濡目染，不可能是個三貞九烈的女子，而侯公子走了快一年了，眼見得阮圓海當權，形勢上一時也不敢回來，何況他逃命的時候也曾丟下一句話：

「香君，有合適的人，妳就不要守我了。」

沒想到香君回得十分堅決，連轉圜的餘地都沒有。

阮大鋮聽到了，他想起自己的舊隙，開口大罵，馬士英也覺自己手下的人不可如此吃不開：

「什麼臭婊子，我們新任的田大夫，拿著聘金三百，還弄她不到手嗎？」

田仰原是一介老粗，經人一起鬨，越想越不是滋味，便決定去強迫帶人。

繡樓上一片慌亂。

「待我進去跟香君商量商量。」李貞麗不得不說得婉轉些。

「哼，相府要人，哪有商量的餘地？」差人凶惡萬分，「銀子在這裡，轎子在門外，叫她上轎就是了！」

「梳個頭、化個妝總要點時間吧！」李貞麗到底是見過各種人物的，「你們且聽聽歌，消遣消遣。」

「孩子，外面事鬧大了，」李貞麗和言婉語地說，「也不是我逼妳，妳自己斟酌著看吧，田家槓著馬大人的招牌，我們得罪不起。而且，侯公子一時回不來，妳嫁了田仰，一輩子衣飯不缺妳的！」

「侯公子不回來我可以等，等個十年八年一百年都可以，這些日子來，別說嫁人，為了少是非，我連這樓也沒有下過，誰稀罕衣食，我就餓死也不改嫁！」

「妳還是梳個頭吧！」

「不要！死也不要！」

忽然間，像發了瘋，她拿起那把扇子前後左右亂打，深秋天氣，扇子早該收了的，但是因為那是侯公子的扇子，她一直戀戀地放在手邊；而此刻，她悲憤地想著侯生的逃亡，想著別人對她的汙衊，她瘋狂了，為什麼，為什麼要這樣待我，滾開滾開，不要碰我！

「天哪，她不要命了，怎麼回事，那扇子在她手裡簡直像利劍似的！」

「也由不得她了，」李貞麗嘆了一口氣，「香君，這都是命，讓楊老爺抱著妳下樓來吧！」

「你們聽著，誰要我下這樓，我今天就死給他看！」

「香君！」楊龍友走近一點。

「好個楊老爺，真是貴人多忘，當時為侯公子說合的不也是你嗎？」

「香君，此一時也，彼一時也，豔色自古天下重，都是命啊！」

「哈，哈，豔色，我就把這豔色毀了！侯公子不在了，我要這豔色幹什麼？」

忽然，她抱著扇子，猛地往地上一撞，立刻血流滿面，暈了過去。一把詩扇上濺滿血點，像另一種筆寫的另一首詩，跟侯公子當初題贈的那一首和韻。

「這孩子怎麼這麼想不開，」李貞麗又疼又急，「怎麼辦？外面又在催人上轎！」

「只有一個辦法，」楊龍友為人永遠是圓轉的，「反正黑天暗夜，又蒙著紗，妳就頂替香君算了，那田仰也只是慕香君的名，並不知道香君的樣子。妳去，已經夠讓那老傢伙流口水的了！」

「可是，香君昏倒在地，我一走她如何是好？」

「妳不走也救不了她，妳去了，她還能拖著過日子。」

也許很荒謬，亂世裡什麼事都會發生，一頂轎子，把香君的養母抬進了田大人的官邸。

悶沉沉的，香君倚著妝台打盹，一把血扇，晾在旁邊。

楊龍友和教唱師傅蘇崑生一起來看香君，只見觸目的血紅點子，展示在扇子上。

楊龍友靈機一動，順手弄些草，榨了汁，就著血點，畫了一幅折枝桃花。

「飄零的桃花啊！」香君醒來，對著有詩有畫的扇子落淚了，「那就是我啊！」

「我最近要回鄉，順道可以打聽侯公子的消息，」蘇崑生一向很看重這個徒弟，「妳寫封信，我替妳捎去吧！」

「就煩蘇師傅把這扇子帶去，千言萬語，也都在其中了。」

中原鼎沸，不幸的又豈是這一段小小的愛情。

史將軍的位分雖不小，心有所忌的朝廷卻把他調在遠方駐守，可惜明明已經是最後的殘山剩水了，各將軍之間卻把對內的火拚看得比對外的拒敵更重要，大明朝的軍力越來越危殆了。而在文人之間，阮大鋮也容不下復社東林那批人。

蘇崑生在路上巧遇侯公子，侯方域趕去探望香君，卻是人去樓空，李貞麗當初既冒了香君之名，香君此刻只好充作李貞麗，被官廳呼去侍候歌筵了。而一片搜捕聲中，侯方域也進了牢獄。

左良玉的手下十分不穩，尤其不幸的是，他的兒子左夢庚也有了私心，想要割據為雄，左良玉深恨這種事，竟至羞憤而死。

北兵南下，史可法死守揚州城，他下了命令：

「上陣不利——守城，守城不利——巷戰，巷戰不利——短接，短接不利——自盡！」

聽到軍情緊急，皇帝、朝臣和嬪妃一起往城外逃。

而百姓一聽說皇帝要走，也人心潰散，大家跟著亂跑，敵人還未到，南京城卻已整個潰散了。

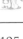

揚州失守，史將軍縋城而下，想到保護聖駕要緊，便趕往南京而去。及至一打聽，皇帝也逃了，而且下落不明，作為一個敗軍之將，天地雖大，他卻不願在任何一個地方容身。他縱身一跳，隨著滾滾長江而去。

清兵入城了，一片大亂中侯公子和香君各自脫身而逃，出了城，大家直奔棲霞山而去。香君寄身在女道士住的葆真庵裡，侯公子宿在另一處男道士住的采真觀。

七月十五日，道士們設燄口，想要打探幽冥世界的消息，大家都想知道一代朝臣的生死結果，火光神秘地騰躍著，眾人在驚訝和肅靜中聽道士說夢境中所見的兆頭……忽然，香君和侯方域的目光越過群眾而觸到了！

深山，黑夜，鬼魅的火光，生離死別，地覆天翻，夜夜夢裡的臉，為什麼人群這麼擁擠？他們努力穿過穿不盡的人群，這是真的嗎？這是真的嗎？他們彼此捏痛了對方的手。

「清淨道場，怎容男女閒雜在此調情？」法師大喝一聲。

「師父，」有認識的人在一旁解釋，「這是名滿天下的河南侯公子，那是無人不知的金陵李香君啊。師父，你是認得他們的啊！」

「哈，哈，誰是天子誰是臣？誰是侯生、李香君？而今國亡家破，還戀著那割不斷的情根慾種，豈不可笑？痴蟲啊！痴蟲啊！你倒回答我，如今國在哪裡，家在哪裡？君在哪裡？父在哪裡！偏偏就這一點花月情根，剪它不斷嗎？」

忽然間，侯生鬆了手，全身冰涼。

香君也垂下眼睫，聰明如她，怎會不知侯公子的心情？是的，夫妻兒女，那是太平歲月的人的福分，而今日一旦下山重入紅塵，種種事情就會跟著來，第一樣逃不過的，就是清廷的逼官。入道吧！入道吧！從此在世上註銷自己的名字吧！夠了，半年膠漆相從，二年刻骨相思，夠了，人世種種恍如前世煙塵。夠了，夠了，此生此世，我們已愛過恨過，而今而後，只有棲霞山中的朝朝暮暮的道院經聲。

他想起那年春天，初識柳敬亭，在湖畔聽說書，敲板乍停之際，忽覺無限淒涼，他曾吟道：

「暗紅塵霎時雪亮，熱春光一陣冰涼。」

沒想到人世的散場分手，也是這般。

「你們怎麼說？」師父厲聲而問。

「弟子願意就此拜師入道。」

「李香君，妳呢？」

「弟子也早有向道之心。」

兩人互望了一眼，千縷情絲，到此全都一劍挑開。兩人各自跟著自己的師父，回到男女道觀中。

一個悲傷的故事嗎？並不特別悲傷，在江山一擲的大賭局裡，有多少淒涼的情節啊！一把小小的桃花扇的故事，又算得了什麼呢？

六、以愛情為主題的劇

西廂記

牡丹亭

西廂記

金・董解元

作者董解元，金章宗時人，其他資料不詳，事實上「解元」並不是他的名字，當時讀書應舉的人，普遍都稱為「解元」，換言之，我們對這位極有才華的作者唯一確知的是他的「姓」。本劇的名稱很多，或稱《董西廂》或稱《諸宮調西廂》、《絃索西廂》、《搊彈西廂》。

「西廂」也可能是中國小說、戲劇史上被翻寫得最多的一個故事，如王實甫的《西廂記》，亦甚成功。

他，張君瑞，二十歲不到，父母就去世了，父親生前是禮部尚書，家裡住在長安。父親去世後家徒四壁，自己又不善理財，五六年間，真的窮了下來。

到了二十歲，沒有家累，他愛上了浪跡天涯的生活，走南撞北，到處浪蕩。大唐貞元十七年二月，他來到黃河畔的一座大城蒲州，獨自在客棧裡住下，是無限繁華中的一點小孤寂，一個無父無母、無妻無子的廿三歲男子，店小二看著不免驚奇：

「客官啊，您也出去走走啊，這二月中，河水都解了凍，正是花朝好日子哩！這出城十里有個普救寺，嘿！不是我小的吹牛，我看天宮也賽它不過哩！」

不該聽那番話的，這一遊，卻遊出麻煩來了。

普救寺果然輝煌，七層寶塔、百尺鐘樓，屋頂是一片琉璃瓦，大殿裡煙霧繚繞。無所事事的張生又繼續往前走，這座寺廟不僅建築物華麗，整個環境也多花木之勝。張生走著走著，穿過重重的柳，跨過淌著落花的小溪，繞過精緻的粉牆，忽然，匆促間，他看到一個炫目的身影一閃而逝。

那是一個年輕女子的身影。

僅僅一照面，那影子卻像一枚烙印一樣，猝不及防地打在他的眼膜上，那一彎翠眉，那一翦秋水，那一顧盼間的蕙質蘭心，那一行止之間的端麗動人……

突然，一隻手搭在他肩膀上，很粗大有力的手掌。

回頭一看，是個高大粗壯的和尚，這人強壯過分，簡直不像出家人。就在這一剎那，女子消失在門後。

「到此為止！你不能再往前走了。」

「我不過隨便逛逛，為什麼別人能走的我偏不能？」

「不能就是不能，崔相國的宅眷借住在裡面，閒雜人等，不可過去。」

「崔相國？」

「崔相國去世了，一時還不便安葬，一家人停柩守靈。家裡只有個老太太、年輕的閨女鶯鶯和個十歲左右的小弟弟，最近就要做一場水陸大會的功德呢！」

還好，張生放下一顆心，她畢竟是人，而不是神仙。直腸楞腦的法聰甚至無意間說出她的名字：鶯鶯。鶯鶯，多好聽的名字，他立刻在心底秘密地偷叫了一千遍。

中午，他和法本長老一起用齋。席間張生談起想要借住僧房一間溫習詩書的話，法本長老立刻答應了。

咫尺天涯。

真是悶如絲、愁如織、夜如年。

聽說老夫人治家甚嚴，張君瑞只有遠遠地受折磨，而不敢接近。怪誰呢？怨誰呢？都怪春天吧！

而這一天，做法事的這一天終於到了，老夫人出現了，梳了個白髻，一身素服，表情嚴峻，一看便知道是個精明能幹的老太太。

鶯鶯也在場，穿著孝服的她，在哀慟中竟也別有令人心動的地方。張君瑞很直覺地感到眾和尚隱隱都不安起來，這樣絕色的美人令有道行的人也要把持不住。

不該住到普救寺來的，這樣愈陷愈深，愈深愈陷，不是聰明人的行徑，但在戀愛中的人又有誰是聰明的呢？何況，春天的風總是使人糊塗。

不知道是不是天隨人意，平靜的寺廟裡竟生出一件天大的事來，崔相府的法事剛辦到尾聲，鐘鼓一時都安靜下來，忽然一個小和尚面色如土渾身亂顫地跑進來。

「不得了啦……不得了啦……好多兵啊，……我們給人家圍住啦，圍了好多層啦……」

「什麼？是誰如此大膽？」還是法本比較抓得住要點。

「叫……叫……孫飛虎。」

「哦，孫飛虎，這人如今做了叛軍，他來做什麼？」

「他，他……要我們打開寺門，供他吃住……」

「呸，偏不開，」法聰瞪著一雙銅鈴眼，大吼起來，「接納叛軍，將來如何對朝廷天下交代？他孫飛虎又不是天兵神將，我法聰偏不怕他！」

「不要吵了，」法本說，「從長計議，他們雖然圍著普救寺，量他們一時也不敢下手。」

「要說念經拜佛我不耐煩，」法聰拍著胸膛，「要比膽子，咱可不輸他孫飛虎！上有國法，下有寺規，哪容他孫飛虎來撒野？來，大伙看我已經解下這把戒刀！有敢跟我來的都站到堂右邊來！」

奇怪的是，那些平日看來恭良謙順的和尚，給法聰一吼，竟然有三百人站出來。聽說孫飛虎手下有五千人，三百人不到對方的十分之一，但法聰還是抖擻著精神走了。

法聰並不孟浪，他先登樓叫話，陳說利害，孫飛虎仍然堅持要住進寺裡去。

「你們且退三百步，我自來跟你們面談。」

孫飛虎果真退了。

沒想到一出寺門，法聰帶著這支敢死隊硬衝而來。

「你個和尚，不慈悲為懷，居然拖刀帶棒來殺人？」

「嘿，嘿，彼此，彼此，你吃著國家俸祿居然敢造反！」

法聰嘴不饒人，手也不饒人，兩下立刻惡鬥了起來。這一鬥彼此都發覺對方很難纏。

「我們只不過要借個食宿！」孫飛虎無意戀戰。

「不行啊，崔相國的家眷住在寺裡，外人不可隨便出入的！」法聰自作聰明的解釋，

「人家是弱女稚子，你們是亂軍賊黨，我們怎麼可以開門？」

「啊！」孫飛虎一聽大樂，「我早聽說有名的美人崔鶯鶯在此，果然不錯，哈哈，這可好了。我現在指名要鶯鶯，把鶯鶯弄到手，我帶著這俏皮貨去見河橋將軍丁文雅，那個色鬼一定大樂，這樣一來，我倆聯軍，連朝廷都可以不必怕了！」

法聰沒想到事情急轉直下弄成這種形勢。

「我原來是要來住的，現在不用麻煩啦！你們只要把鶯鶯送出來就好了，不給我鶯鶯，我就一把火燒了這普救寺，哈哈，看誰救得了你們？」

火還沒有燒，整個寺都沸沸揚揚起來。那些經卷，那些金碧輝煌的建築，那千百條的人命……更令人憂急的是殿上的菩薩，以及崔相國的靈柩，都要燒成灰了。

「娘，」鶯鶯哭了起來，「事到如今，就讓我去受辱吧！這樣，父親的靈柩才可以保住，娘和弟弟以及滿寺的人才有活命。」

「娘怎麼捨得妳？」老夫人除了哭什麼主意也沒有，但兩人哭得肝裂腸斷，大家聽了也不忍。

「唉，小小一件事情，看，你們居然搞成這樣子！」說話的是張君瑞。

「小事！」法聰氣得臉色通紅，「你個書生懂什麼？」

「我有個朋友，叫杜確，人稱為白馬將軍，是我的生死交，我只要寫幾行字給他，他立刻會帶兵來解圍，法聰，你敢去送信嗎？」

「孬種才不敢送！」法聰最禁不得人激將。

「不過，我話要說在前面，」張君瑞抓住機會，「我與夫人非親非故，此番事成，希望夫人不要以外人待我。」

「什麼話？」夫人說，「只要你不嫌棄我們，我們就是一家人了。」

彼此的話都說得很糢糊。

戀愛中的男子，總是希望對方有難，來證明自己的愛心，這種機會竟讓張君瑞等到手了。看來住在普救寺是對的。白馬將軍果然不負友情，一場惡戰，孫飛虎給斬了，普救寺終於獲救。

張君瑞也自覺獲救了，不是生命安全，而是一顆快要焦乾渴死的感情，從此可以安定下來了。

奇怪的是夫人一點表示都沒有，他只好託法本師父去問。

「好吧，明天請張先生來便飯，我自己跟他解釋。」

席上只有老夫人和一個小男孩，鶯鶯沒有出現。張君瑞心裡猜疑，嘴上卻又不好說。

「小姐說她身體不好，今天不出來了。」丫鬟紅娘來傳話。

「哼，」夫人生了氣，「什麼叫身體不好？要是在亂軍裡死了，身體又如何？人家救命之恩都不肯謝一下，太沒規矩了！」

張君瑞什麼也不好說，過了一會，鶯鶯出來了。家常衣服，一點裝扮也沒有，委屈地坐著。她的倔強驕傲也自有一份動人。

她顯然不願意以「受恩者」的身分出現在「大恩人」面前，她是高傲的，她不能忍受把自己當作「報恩」的物件。她看來並不討厭神氣英爽的張君瑞，可是，她低垂著一剪長睫，不肯透露半分眼波和心事，只遵母親的吩咐叫了一聲哥哥。

「鶯鶯幾歲了？」

「十七了。」夫人說。

「上次晚生馳書求救以退賊人的時候……」

「我今日請張先生來，也是為此，鶯鶯本來是說了人家的，對象是我哥哥的兒子鄭恆，是他父親生前許下的，當時已經要結婚了，可是崔相國忽然撒手，事情就停下來了。要不是有這重困難，讓鶯鶯配先生我是很樂意的啊！」

「原來鶯鶯是訂了親的，」張君瑞的眼淚憤然流了下來，「可是，當時妳們為什麼不告訴我，讓我死了心呢？而且，鄭恆也是有財有勢的公子，孫飛虎來搶親的時候他卻躲到哪裡去了呢？」

他的眼光橫掃全桌，忽然，他遇見鶯鶯抬起的眼睛。

奇怪，剛才他穿著最好的衣服，保持最好的風度，她卻低著頭，懶得看自己一眼。而此刻，他聲音嘶啞，淚流滿面，眼睛裡全是受傷的創痛，一雙手捏得格格作響，雖沒飲幾盅酒，卻因為自覺上當而幾乎癱倒，他是如此狼狽……而就在此刻，她反而抬起頭來關懷地看著他，她那樣無避無畏的當著老夫人的面，用溫柔流麗的目光愛撫著他。

他不能再說什麼，只暗自驚奇，一雙眼，怎麼能說那麼多話。夠了，不管有多少委屈，都不要再爭了，有那動人的一盼，夠了。

「張先生醉了，」老夫的聲調既不關懷也不冷漠，「紅娘，好生服侍張先回房休息。」

夜雨敲窗，張君瑞獨坐房裡，這普救寺是不能住了，走吧，走吧，回長安去吧！流浪得太久了，該回去了。

一身天涯，哪有什麼值錢的東西好收拾，不過是幾本舊書、一把劍、一張琴而已。

「唉呀，原來你有這麼好一張琴，」紅娘看了，驚叫起來，「有希望了，我告訴你，鶯鶯最愛音樂了，你既然能彈琴，她一定忍不住想聽。」

人生到底是怎麼一回事？真有這種事情？一張琴，可以挽救自己的不幸嗎？不管怎麼樣，總該試試，好多次請紅娘幫忙，她都嚴詞拒絕，堅稱絕不可能，而現在她居然主動的說這方法一定有效。

「就是在今天晚上，好嗎，我把絃調好！」

晚上，月如水，看來老天也在助成人間好事。古鼎中焚著香，膽瓶裡梨花杏花的幽香流溢著，張生把琴橫在膝上，輕輕地撫弄著：有多少說不盡的愛情，有多少狂暴的悔恨，生命中道不盡的焦灼、慾望和痛苦，一個漂泊靈魂的淒涼，一場沒有希望的戀情……都沿著琴絃緩緩流下。

隔著牆，鶯鶯站在花下聽，淚水急促地滾下，像一灣跟琴聲相和的流泉。多悲傷的琴，多悲傷的歌。

「有美人兮，見之不忘……張絃代語兮，聊寫微茫……」

忽然，他推門而出，只見月下鶯鶯削瘦的背影正匆匆離去，他知道鶯鶯已經聽到了他，他同時感到一份滿足和一份空虛。

「鶯鶯回去以後怎樣？」張生急著問紅娘。

「她只是流淚，只是嘆息。」

「把這首詩替我傳給她，好嗎？」

「你如果想寫些情詞挑動小姐就錯了，上次聽琴是可以的，因為她以為你不知道。可是你託我帶詩給她，這事做得太明目張膽，她就會擺小姐身分，大罵我一頓。」

「試試看吧！」

詩被放在妝台上，不出所料，紅娘果然挨了罵。

「我也不便當面罵他，妳把這封信送去。」

張生打開信，原來是一首五言小詩：

待月西廂下，迎風戶半開。
拂牆花影動，疑是玉人來。

奇怪，聽紅娘說，她非常生氣，可是看信，又像是訂下了約會。

當天晚上，張生站在花叢中，苦苦等候，她真的來了，一臉怒容：

「你這是什麼意思？我們受了你的救命之恩，不錯，但你這樣託不懂事的丫鬟來寄這種詩，又算什麼？我們都成年了，難道你不能為我的名譽著想嗎？」

「我是不對，很冒犯妳，」張生也感到自尊心受打擊，「但是，妳寄給我的詩也……也……」

「不錯，我寄給你的詩也不守禮防。可是，這是我唯一的辦法了，我如果把你的詩交給母親，怕事情鬧得更僵。我如果叫紅娘來說，又怕她傳話不清楚。回封這樣的信我知道你一定會來。來了，我就可以把話說清楚。我自己這樣做也很慚愧，不過，反正這是最後一次了，以後，我們還是做個循規蹈矩的人吧！」

哈，哈，好個「循規蹈矩」，為誰而「循規蹈矩」？為鄭恆那小子嗎？他顛躓著步履走回去，只覺全身冰涼，太累了，太累了，太累了，愛情是一場太精緻、太複雜、太反覆無常的遊戲，太累了，太累了，讓我躺下吧！不用再起來了，不該到蒲州來的，不該住進普救寺的，不該日日夜夜想著那一張臉的，不該痴心如狂的，錯了，錯了，徹頭徹尾地錯了……

夫人來送藥，高貴的老夫人啊，何必多此一舉呢？延長生命無非是延長痛苦，失去了鶯鶯，這個世界還有什麼值得活下去的理由？

他想到懸梁自盡，他在平靜中把帶子搭上梁木，結好套頭，並且跳了進去。忽然，紅娘折回來，大叫一聲，撲上去，把他抱了下來。——不幸的人竟連死的權利也沒有嗎？

「你為什麼這樣想不開啊，其實鶯鶯對你也很有意啊，可是，她總是一個小姐嘛，她這兩天一想到你的病也都忍不住哭哩！……」

「請她今晚來，好嗎？」他像小孩子一樣任性地哭了起來，「我要看見她，我一定要看看她，她今晚不來，我們只有地下相見了！」

鶯鶯終於來了。

她是羞澀的，他知道她經過怎樣的掙扎，才走進這房子。他知道她背棄老夫人偷跑出來無異撕裂一個熟悉的自己，他知道她此刻正努力丟掉崔相國家中知書達禮的小姐尊嚴，僅僅以一個女人的身分前來，一個愛人的也被愛的女人。

他把這受苦的顫動的肉體緊抱在自己懷裡，他搜索她的脣，她馥馥的香氣……

露水滴落在牡丹微綻的蓓蕾裡，天漸漸亮了。

是真的嗎？或者是夢，張生翻過身來，鶯鶯已不在，只有一顆顆瑩瑩然的淚，滾落在席面上。

半年了，鶯鶯變了，變得佻達明豔，老夫人終於動了疑。

好在紅娘很聰明，把利害關係一說，夫人也同意這是一場只宜遮蓋而不宜張揚的麻煩。

張生又聽紅娘的話，臨時向法聰借了錢，送給老夫人作聘金。雖然夫人一再拒絕，張生卻唯恐禮數不到，事情將來會生變化。夫人仍保持她一貫的精明，收了聘，她立刻要張生進京趕考。

青山四合，抱緊了一座浦州城，是秋天了，滿川紅葉，全是離人眼中的血淚凝成的吧？

第二年春天，張生在京中考取了第三名探花郎。

才子佳人，理所當然的結了婚——不過，根據愛情的原則，好事總是多磨的。所以，有一個說法是張生經過長期的繃緊，此刻一鬆，忽然病倒，這一病病了半年，音信全無，鄭恆乘機來騙人，說張生已經另娶了。老夫人拗不過自家姪兒的面子，竟又答應把鶯鶯給他。幸好張生及時回來，兩人半夜私奔，趕到新升了太守的老朋友杜確將軍那裡去，才在故人的祝福下完了婚。

不管過程如何，總之他們是如願以償地結了婚。

在唐代原始的小說故事裡，兩個人後來分了手，各自男婚女嫁了。可是，在金代、元代面對觀眾的舞台上，有誰忍心拆散一段璧人的姻緣呢？如果你不喜歡這庸俗的團圓情節，那麼，請原諒他們的庸俗吧！——畢竟這是一個溫暖的庸俗的世界啊！

牡丹亭

明・湯顯祖

作者湯顯祖，字義仍，號若士，臨川人，明萬曆進士。嘗被貶謫廣東（這或許和本劇中柳夢梅秀才為嶺南人有關），後遷為浙江遂昌知縣，不得意，退居鄉里，作劇自娛。作傳奇五種，其中《紫簫記》經修改成《紫釵記》，加上《還魂記》（即《牡丹亭》）、《邯鄲記》、《南柯記》合稱《臨川四夢》（也稱《玉茗四夢》），內容或述愛情或近道家，都與「夢」有關。

湯顯祖在當時的曲壇上被視為「崇辭派」，和沈璟的「格律派」相對（沈璟之代表作為《浣紗記》），《牡丹亭》一出，文字華麗，故事深情，唱腔柔靡，無論文人、戲子、及讀者、觀眾都幾為瘋狂。

「這真是怪事，」趁老師轉過身去，春香偷偷扯了小姐一把，「老爺太太不知想些什麼，明明是春天了，滿園子花開鳥叫的，偏偏叫我們關在這裡跟個老頭子念『關關雎鳩』，鳥叫不是給人念的呀！鳥叫應該自己到林園裡去聽才對啊！」

「不要吵！」陳老師生氣地瞪了春香一眼，「今天先上到這裡，春香妳要學點規矩，不要把小姐帶壞了！」

春香吐著舌頭，笑咪咪地看那老學究走開。

「妳知道這陳最良的外號是什麼嗎？哈，我知道，叫陳絕糧，一個窮酸老頭，哈！」

「不要這樣沒規沒矩。」麗娘輕聲說，「去把硯臺毛筆洗乾淨。」

「好了，」又過了一會，麗娘悄悄湊過來，「現在老師走遠了，妳告訴我，妳剛才究竟溜到哪裡去玩了。」

「去上廁所啊！」

「妳騙陳老師可以，妳少在我面前裝神作鬼，妳究竟跑到哪裡去了？」

「幹嘛告訴妳？妳不是一心一意要做知書達禮的大小姐嗎？妳去規規矩矩好了，妳去詩云子曰好了，跟我跑，小心我帶壞妳。」

「好啦，」麗娘笑了，「小丫頭氣性也別太大，到底是個什麼樣的地方，說出來我們一起去玩！」

「嘿，這倒怪了，宅子是你們家的，妳自己大門不出、二門不邁，連自家花園在哪裡都搞不清。算了，算了，說也說不明白，明天老爺出去鄉下勸農（註：古時官員至春天依慣例須至鄉下勸導農民勤奮耕作），老爺一走，我看，那陳最良也未必愛上課，明天我帶妳去看看那園子。嘿，那裡花開鳥叫，比這本什麼《詩經》上的東西好玩多啦！」

眾花神在花園裡忙碌著，每到春天，他們就要負責把百花開到最盛最滿最香最豔的程度，一絲也怠慢不得的。

「今天杜小姐要來賞花！」有一位花神興奮地說。

「就是將來要和嶺南柳夢梅成婚的那一位嗎？」

「是呀！我倒有個好主意，待會兒她來了，我們讓她困倦沉睡，然後我們去把嶺南柳夢梅的魂也悄悄帶來這裡，他們就可以早點認識啦！」

「真是妙，姻緣的事真難說，一個是杜甫的後代，一個是柳宗元的後代，一個是西蜀人，一個是嶺南人，卻有一天會在這江西成就姻緣，嘖！嘖！……」

眾花神都興奮起來，那一天，花也開得特別動人。

杜麗娘站在蒼苔碧館中，只見一片眩目的花海，桃花、李花、梔子、芍藥……

奇怪，這園子不知蓋了多久了，看樣子很荒涼，沒有什麼人來走動，為什麼自己一直不知道太守官邸有這樣一座花園，如果不是春香，這一春的花就白白開了。

而人生，有幾個春天呢？

在一塊玲瓏的太湖石畔，麗娘坐下，微醺的陽光輕撒，她感到一陣奇異的困倦，春香正跳來跳去捕一隻黃翼的蝴蝶，她怔怔地望著一行翠柳出神。那柳樹極大極粗卻極柔極溫存……恍惚間，柳樹變成了一個年輕男子的形象，她迷惑起來，不知身在何處……

「我尋妳很久很久了，原來妳在這裡。」

「我，我不知道你是誰……」

「妳，妳難道不覺得我似曾相識嗎？跟我來吧！」

在花深柳密之中，在天幕地席之間，在萬里駘蕩的春風裡，他輕輕地擁住她。

她忽然第一次驚覺到自己的肉體，她從來沒有發現自己有一副芳香、柔和的肉體，而現在，她清晰地感到了，在別人的膀臂中，她第一次意識到自己的存在。

一片紅花瓣柔和地飄下，打在她的睫毛上，她醒了。春香還沒有捕到那隻翩翩的蝴蝶，剛才，也許只是片刻小盹，可是，不知為什麼好像已經走了億億萬萬年的歷程了。她急急站起來，感到臉紅心怯，那人的臉是如此分明，他手中的柳枝是如此蒼翠欲滴。

她病了，為夢中一現的陌生人。

老夫人又餵藥又問卜，急得不知如何是好？她自己也憂急起來，但她急的是自己逐日消瘦的容顏。

「我要為自己畫一幅像。」她囑咐春香預備顏料。

她畫了她所熟悉的自己，然後，她畫了那個園子，那春花爛漫，燦如火發的地方，那垂柳千重有如簾幕的地方……世上，究竟有沒有那一個男子呢？如果有，當他看到這幅畫的時候，他會不會想起夢中的花園呢？她悲哀地擱下畫筆。

秋深了，麗娘終告不治，她要求父母把自己葬在花園的梅花樹下——她在夢裡初遇那人的地方。她要春香把畫像放在匣子裡，密藏在太湖石的洞穴中。杜府由於杜老爺調職，舉家遷走，墳墓和花園就交給一位年老的石道姑去看守。而麗娘自己，在身不由主的情形下，一魂悠悠，來到了陰府。

判官是新上任的，他問了麗娘的死因，非常驚訝。他又把花神也調來作證，才發現真有此事，再查查麗娘平日也是守貞女子，只是夢中行為比較逾矩，而她的父親杜太守又是一個難得的清官，應該從寬處置她。最後，判官又去查斷腸簿的檔案，更嚇了一跳，因為她的資料上註明要嫁給柳夢梅，而柳夢梅是下一屆的新科狀元，怎麼可以使下一屆的狀元無妻，他決定放她回去，命運注定他們要在紅梅觀重逢，他不能違拗。

「現在，妳的魂靈回去耐心等待吧！至於妳的肉體，我會囑咐花神仔細呵護，至於妳什麼時候才能靈肉合一而復生呢？妳且不要多問，因為這是天機，不可洩漏的！」

命運牽引著貧窮的書生柳夢梅，他背著一個小包袱，握著一把雨傘，從嶺南出發，要到中原去尋求功名。一過梅嶺，南國溫和的陽光便倏地消失了，茫茫雨雪，似乎看準了這個落拓的書生而一逕來欺負他。

走著，走著，他的雙腿越來越麻木，握傘的手也越來越發抖，忽然，腳下一滑，他跌在一座積滿了冰雪的小橋上。

「救命啊！」

風雪中哪有行人？好在過了一會，一片昏濛中居然出現一個老頭的影子。這人原來是陳最良，他自從杜麗娘死後就失了業，在飢寒交迫中，只好跑出來試試運氣。

「你是誰？」

「我是嶺南的一個書生。」

他走近一看，這人雖然衣服敝舊，一臉病容，但眉目之間有一種說不出的儒雅俊秀，的確是個讀書人。

「來取功名的嗎？」他的心軟了，「年輕人啊，功名不是那麼容易的，我掙到如今，什麼也沒得著啊！」

「我自信可以拚一拚！」柳夢梅咬著呀，眼中閃過千束光芒。

陳最良把他扶起來，一步步挨著往前走，去哪裡好呢？好吧，就把他送到杜小姐的墓園去吧，石道姑一向把環境整理得很好，那地方現在叫「紅梅觀」了。

「杜小姐不該那麼早死的。」陳最良有點搞不清自己是在悼惜那女孩的青春早逝，還是自己的失業。

就養病而言，紅梅觀也算是一個好所在了，小橋流水，曲徑通幽，雖然略顯荒涼，但春天猝然間一出現，整個園子呈現出一種說不出的熱鬧。柳夢梅的風寒其實已經好了七八分，但偶然驚見陌生的春天，想起父母雙亡孑然一身的孤單，想起功名和愛情一片空白，他不禁悵然若失。

而春天仍然漫不知愁地盛放著。

「咦，這是什麼東西？」

有一天，他在園子裡尋幽探勝的時候，忽然發現一個精緻的檀木匣子，他忍不住想打開看看。

夕陽穿過密柳，投來一片神秘恍惚的金光。

「啊，原來是幅觀音像，畫得真柔和。」他高興地藏起來。「我拿回去掛起來吧！」

第二天。迎著朝陽。他把那幅畫找出來再端詳一番。咦，不對，不太像觀音，觀音是赤著一雙大腳的。這女子卻有一雙小小的金蓮。而且，一般觀音像是有朵朵祥雲為烘托的。而這個女子卻顯然站在一座美麗的園子中間。那麼，會不會是嫦娥？不。也不對。嫦娥身邊照例會有一棵桂樹。但這女子身旁的卻是梅樹和柳樹。這柳和梅又是什麼意思呢？這裡面又有什麼玄機呢？忽然，他的一顆心急速跳動起來。是不是和我有點關係？我的名字裡是既有柳也有梅的。可是。這美人是誰？這是畫工畫的？還是那女子自己手描的自畫像。她還活著嗎？她在不在附近？她知不知道我在看她？……

忽然。他從題字裡發現那是畫中女子的自繪像。

她為什麼要自繪這幅像呢？

他虔誠地把畫掛起。雖經證明不是觀音像。他仍然有崇拜她的心情。奇怪，他甚至發現自己愛上這畫中的女子了，完整飽滿的美其本身就是一種接近宗教的東西，是使人激動、使人深沉、也使人想要頂禮膜拜的東西。

石道姑是一個盡責的守墓人，她自己歷經了婚姻的滄桑而不再留戀塵世了，有這樣一座清淨的梅花觀，她很滿足了。

小姐的靈位前供著芳香的梅花，石道姑的一雙手總是不離「拂塵」，她要把一切弄得極乾淨。

「這瓶，」她喃喃自語，「多麼像空虛混沌的大千世界，這枝梅花，多像妳，妳這個傻女孩，明明是剪斷了，沒有根了，卻兀自在這世上綻放這一霎的芬香。」

是嗎？一霎的芬芳？杜麗娘的魂靈無依地漂泊著，聽石道姑嘮嘮叨叨地和她說話，她感到甜蜜和辛酸。那年春天，她曾為一個夢中的男子斷腸。但此刻，她又想起父親母親以及淘氣的小春香，幽明異路，什麼時候我才能復生呢？有一天，他會出現，他會給我復甦的生命，可是，他在哪裡？

做一枝梅花就是一個女子的命運嗎？在一剪之下離了根，插在一個固定的瓶子裡，接受一點點的清水，為一個人而芬芳、而凋謝。也許是很無奈、很必然的路，但奇怪的是，那人的面容卻至今那樣清晰，那樣不可抗拒，他是誰呢？我在等待的是怎樣的一位？抑或我等待的只是我的等待呢？

柳夢梅在燈下看書。

畫在牆上，風在窗外，花香從簾幕遮不斷的地方透進屋子。

忽然，他聽到輕輕的叩門聲，聲音那樣小，似乎那人有些猶疑心怯似的，他許是石道姑派人送茶來了吧！

他開了門，燈下只見一個年輕豔裝的女子很拘謹地站在那裡，深更夜半，她有事嗎？她是附近誰家的女子呢？什麼時候見過她嗎？為什麼她看起來那麼眼熟？

「妳是誰家的女兒？」

「我，我孤單一個人。」

「進來坐坐吧！」

「天亮以前我一定得回去。」

這是他第一次面對一個真真實實的女人，他忍不住有些慌亂。

「如果你願意，我可以天天來陪你讀書。」

紅巾翠袖，添香伴讀，這不是他一向的夢想嗎？

「妳，妳是仙女嗎？」他覺得自己笨頭笨腦，一句話也說不好。

「不是！」她輕輕一笑，他立刻感到一份不可逼視的燦然。

他試著握住她的手，她沒有縮回，她的手微涼而輕顫，像猶寒的春風。但她的氣息是春花，和暖芳香，中人如酒。

石道姑帶著小道姑，站在門口，果真不錯，大家傳說的是真的，這書生房裡有女人，此刻，她們自己親耳聽見了。

「秀才，開門！」

「糟糕，怎麼辦？」借住在人家的道觀裡，房裡卻有女子，柳夢梅自己也覺得說不過去。

「不要緊，你只管開門。」

門開了，石道姑的眼睛像二道青電。

「我們聽到有女人的聲息，她在哪裡？」

柳夢梅的手心偷滲著汗，奇怪的是，一眨眼之間，像變魔術似的，她竟不見了。

「沒有女人，」小道姑回話，「我只看到牆上有一幅美人圖。」

「我們這樣不是辦法。」第二天夜晚，她仍然來了，她的側影映著燈光，有一份落寞和悲傷。

「怎麼辦呢？我看妳還是嫁我，做我的人吧！」

「我不是『人』。」

「什麼？」

「我還是鬼，還沒有成人。」

「不，不可能，妳是人！妳是人！不要來騙我。」

「你不要激動，你聽我說，我是南安府杜太守的千金，我和你是上天注定的姻緣。是我太痴心，我為了思念夢中曾經一見的你而死了，我在病中留下自己的容顏，這幅畫注定會到你手上，因為你對著畫像的一念真誠，我便來了。可是，你真想娶我，就必須到太湖石旁，梅花樹下把我發掘出來，然後我才能靈肉合一，成為你的妻子。」

「真有這種事？」

他想起來了，她真的就是畫上的美人，而前夜石道姑來訪查的時候，她一閃而逝，立刻回到了畫上。

他再抬頭看，她已消失了，而畫上的女子卻朱脣微啟，眼波欲動。

是她嗎？他茫然了。也許明天早上還是老老實實告訴石道姑比較好，墓園一向是由她照顧的。

「這杜小姐是誰啊？」柳夢梅極力裝得自然，「她的墓園真清雅啊！」

「唉，說起這杜小姐真叫人傷心，她的父親就是前任的太守杜寶。老先生、老太太和小姐，個個都是善心的好人，不知怎麼弄出這個結果。小姐又聰明又漂亮，我活到這把年紀沒見過哪個女孩比得上她的，可惜啦！唉，她一死，她父親就調走了，這地方一向由我打掃，小姐生前愛乾淨、愛花，她死了，我也照她心願做……」

「年輕輕的怎麼會死的？」

「唉，都是那陳絕糧不好，教了她幾句《詩經》，弄得她一顆心飄搖不定的。後來丫頭春香又把她帶到這園子來玩，說來也是奇事，她居然夢到一個秀才，弄得茶不思、飯不想，活活給勾了魂。賠了一條小命，年輕人啊，清心寡慾才是正途……」

「她夢見的就是我啊！」柳夢梅失口叫了起來。

石道姑一雙眼睜得又圓又大，她想不通——她怎麼可能想通呢？一念之誠可以無視山遙水遠，一念之誠可以讓枯骨復生。他終於把事情從拾到那幅美人圖開始說起，一直說到小姐叮嚀他要開棺掘墓。

「你真是見了鬼了，你不怕被鬼祟住嗎？」

「不，不管是不是鬼，她是我的妻，我們已經私下盟誓了。」

「唉，真是天生一對，我道小姐是個痴的，沒想到你也是個瘋的。好吧，我幫你個忙，明天一起掘墓。我這真是捨命陪君子了，你要知道，大明朝的法律，盜人墳墓是要殺頭的哩！」

第二天一大早，他們就開始動手挖墳。三年前，她在這棵梅樹下遇見他。而此刻，他真的來了，從嶺南穿山越嶺而來，他終於來赴這場約會了！

棺蓋打開，杜麗娘栩栩如生，連面色都保持著紅潤。

輕輕的，他托著她的頭，把她扶起。她的眼睫深垂，一如三年前，她在梅下盹著的那一次。一瓣落花飄下，她驚奇地張開眼，氣管裡有著輕微的氣息，柳夢梅拍拍她的背，她吐出了一塊銀子，那原是安葬時灌在口中的水銀，經過三年，已經含成銀塊了。

柳夢梅一點不覺得驚訝，事情本來就該如此的。她既然如此說了，她當然是不會騙人的。

「我的妻，妳是我的妻！」他顛來倒去喃喃著、興奮著，恨不得去告訴全世界，有一個女子，為他而死、為他而生。

「不，我不是你的妻，至少現在還不是。」

她雖然剛從墳墓裡走出來，但她的口氣絕決，一副凜然不可侵犯的樣子，他幾乎不認識這女子了，她以前是那樣豔冶不拘的啊！

「那麼，那些肌膚之親呢？」

「不，話不是那麼說，我們曾在夢中相遇，曾在魂裡相接，但現在我已恢復人身了，我要做人了，要做人，就要守人的禮法、人的規矩。我一定要等父母來主持婚姻。」

柳夢梅無話可說，這女子的確有她自己的見解。

而要去見麗娘的父母，「功名」是一定要有的，那又牽涉到考試，「情」和「婚姻」是不太一樣的啊！

考試的事不太順利，尋找杜大人也很不容易。他因自謂是杜大人的準女婿，被當作騙子挨了一頓打，好在滿街喊著尋找「新科狀元柳夢梅」的聲音把他救下了，他終於澄清了誤會而跟小姐結了婚。

杜家本身也遭遇了一番變化，杜寶招降有功，升了大官。不幸的是消息誤傳，他以為老夫人和春香（她已被認作義女）都被敵人殺了，沒想到戰爭一停，她們居然活著出現。世事如此乍悲乍喜、疑幻疑真，所以一旦看到復生的麗娘，他居然也可以勉強相信了。

什麼是真？什麼是假？什麼是生？什麼是死？什麼是醒？什麼是夢？生為凡人的我們何必去苦苦探究呢？歲歲年年，牡丹園中眾花神大事鋪張地布下花天花海，而我們呢？我們是偶行其間打個小盹的過客，在清醒與夢寐中，我們別無所有，有的只是一個凡人僅能懷抱的晶瑩玉潤的一點深情。

七、包公劇

陳州糶米

陳州糶米

元・佚名

一般認為作者已佚名，唯《錄鬼簿》上有陸登善《開倉糶米》一劇，也有人懷疑即此劇作者。

此劇為包公劇中最重視包公個人內心衝突的一本。

「包爺爺，」一個鄉下小子驀地從牆角竄出來，跪在馬前，他看來還是個年輕的孩子，一張臉上卻有說不盡的淒苦委屈，「小人的父親死得冤枉，父親臨死拚著最後一口氣，交代小人說：『到京師去找包待制爺爺，才能還我一個公道。』……」

唉！又是一個案子。剛從外地公差回來，還沒有坐進公堂，半路上已經又碰見伸冤的人，這世界，為什麼有這麼多冤情呢？

就在一眨眼之前，他還正在想著今後何去何從的問題。每天清晨五時就要忙起，一直要忙到晚上六點，薪水又那麼少，連人情都不夠。別人都理直氣壯地收賄賂，對他這不收賄賂的不免要懷疑排擠。而且，清正廉明的名聲一傳出來，凡是棘手的大案子全往他這裡送來了，這些年幾乎把權豪勢要之家全得罪光了。

其實，何必呢？又不是為自己，幹嘛為了主持正義去開罪別人呢？別人做官不是做得八面玲瓏嗎？人已經快八十歲了，還是少惹氣吧，要是能退休就退休，不能退休呢？那就學學別人「事不干己休開口，會盡人間只點頭」的那份修養吧！

可是，就這麼巧，這年輕人攔在路上又推給他一件新的冤情，那卑屈受苦的臉使他不覺心痛起來，他嘆了一口氣：

「唉，你說吧，我為你做主。」

「陳州一旱三年，大家都餓得人吃人了，」他自己看來也乾癟龜裂，有如久經烤炙的土地，「聽說官府放糧，人人頂著大太陽去買。我們原來聽的價錢是五兩銀子一石白米，沒想到倉官居然說十兩一石，這還不說，他們拿加三大秤量銀子，卻用八升小斗量米，量的時候還要打個鷄窩（註：指量糧食時使容器中有空隙以減少分量之手法），等回家一看，裡面又是泥又是沙又是糠皮，一般百姓敢怒不敢言，只好認命。可憐我父親一向脾氣耿直，人家都叫他張懺古，他看到帶來買糧食的十二兩銀子被秤成八兩了，氣得說了兩句，沒想到京裡來的倉官拿著個紫金鎚劈面一打，父親便頭破血流死了。那兩個人居然還說：『這窮老頭討厭，我看他像眼中釘、肉中刺，我打死他等於捏個爛柿子一般，這種人的命能值什麼？』小人嚥不下這口氣，拚著身家性命不要，非要討個公道不可！」

包公聽著，兩拳不覺越捏越緊，張懺古淒慘的死況如在眼前。

「你去吧，我會為你作主！」

唉，怎麼回事？剛才不是想好不要再去跟大官結仇嗎？可是一聽到枉死的案情，不由得氣血翻湧，一口答應下來。不管他了，得罪人就得罪人吧！

議事廳裡，群臣正在討論，包待制走了進來。

「待制回來了？」

「剛回來！」他心裡著急，「聽說派去陳州的倉官有問題？」

「我們也正在討論這事，」有人告訴他，「可能再派個人去查看前兩個。」

「那兩個是劉衙內的兒子和女婿。」旁邊另一個人補充。

「大概是一場誤會，」劉衙內陪著笑臉，「小犬和小婿都是清廉公正的人。」

包待制暗暗叫苦，這劉衙內是個出名的惡霸。

「這樣吧，我們一時也找不出合適的人，既然包待制回來了，就煩你去走一遭吧！」
「不，不要叫我去。我最近太累了。」
「那，就請劉衙內去一趟如何！」
「好的！」
「算了，還是我去，」一聽劉衙內打算自己去調查案情，包待制氣得發昏，「張千，備馬，我這就去陳州！」
唉，有什麼辦法，有些人注定要勞碌命的，除非閉了眼睛伸了腿，否則怎能冷眼看天下不幸事？
「老待制到了陳州，」劉衙內湊上來巴結，「看看我的面子，多多照顧我那兩個小後生。」
「我不懂什麼叫多多照顧，」包待制把頭一扭，盯著皇帝所賜的金牌勢劍，「我只知道多看看這個。」
「呸，你當我真怕你，你有皇帝賜的先斬後奏的劍就神了？你真敢殺我兩個小的，我這份官職這份家財，將來有你受的！」
「我比不過你！」
頭也不回，包公逕自上馬而去。
「哎呀，各位，大家要替在下想個辦法啊，這包公是個不通人情的土老頭，我那兩個孩子要死在他手裡啦。」

「這樣好了，我陪你到皇帝那裡討一紙赦命書，事不宜遲，快吧！」

世上的事就有這樣可笑，包待制已經風塵僕僕上了路，而剛才極力鼓勵他去的大員，此刻卻如此圓滑地去陪劉衙內到皇帝面前討赦命書。

「唉，別人看我服侍著包大人，還以為我不知怎麼受用呢，」張千一面趕路，一面忍不住自言自語地抱怨，「你做清官，不要錢倒也罷了，這一路上州府縣道大魚大肉的酒席，你總可以吃一點吧？這不通人情的老頭竟不肯接受招待，只悶著頭去喝他那一天三頓稀粥。你老了，喝點稀粥熬得住，我年輕輕的，每天牽著馬走，走不了幾步，那幾口稀粥早都不知到哪裡去了！偏偏又今天東來明天西，唉，清官雖然好，可就苦了底下人了。」

「張千！」

「小人在。」他猛地恢復了正常。

「快到陳州了，你拿著金牌勢劍騎著馬先走，記住，別仗勢欺人，別索酒索食，讓我知道你擅自作威作福我不饒你。還有，我現在要調查一下這件事，我自有主意，你要是看到有人打我罵我，千萬別來救我，聽懂沒有？千萬要記牢哦！」

張千高高興興地騎馬走了，包待制一步一挨，慢慢走著，像個鄉下土老。

「喂，老頭，你來扶我一把！」

包待制一抬頭，看到原來是個臉上塗得紅一塊白一塊的婦人，旁邊還有頭小毛驢，想是給那驢撅下地來的。他走上前去把這婦人扶了起來。

「老頭你幫我牽著這驢吧！」

「好！」包待制當真為她牽驢，「小姐住在莊上嗎？」

「嘻嘻，」女人笑了，心裡想這一帶的人誰不知道我是倚門賣笑的王粉蓮，這老頭真是個鄉巴佬，「對啦，我就住『狗腿彎』，我叫王粉蓮。」

其實，包待制眼尖，怎會看不出她是什麼貨色？

「老頭，你呢？」

「我無兒無女，孤老頭一個，到處討點飯吃。」

「可憐的老頭，你到我家來，我給你飯吃，有酒有肉哩！我還給你做一套新衣新鞋新帽子，把你打扮得體體面面的，你給我坐在門口招徠客人，事情滿輕鬆的。」

「那太好啦，小姐，妳先把妳來往的客人說給我聽聽。」

「客人什麼樣的都，有公子哥兒、商人、旅客，不過這些都不管他，最近我只一心對付兩個京裡的倉官，聽說他老子權力可大呢！他賣著十兩一石的好價錢，再加上加三大秤，八升小斗，賺的可多哩，不過我沒要他那些錢鈔。」

「咦，為什麼不要？」

「我只留他那個紫金鎚在家裡。」

「乖乖，紫金鎚又是什麼東西呀？」

「哼，這東西可稀罕呢，是朝廷裡面的東西，聽說可以隨他拿去打死人呢，我回去找出來讓你開開眼界！過兩天他如果再不給我銀子，我就拿這紫金鎚去打成金釵戒子來戴。」

「喲，我要是見了這紫金鎚，也不算白活了這把年紀了！」老頭喜孜孜地說，心裡卻氣得翻騰，「這批該死的賊徒，紫金鎚是朝廷權力的代表，原來是怕飢民生亂，不得已帶著的，又不是家裡的切菜刀，哪能隨便用來切肉，更荒唐的是居然把它搞到王粉頭家裡來了！」（註：當時俗稱妓女為粉頭）

走著，走著，陳州到了，劉衙內的兒子小衙內和女婿楊金吾帶著斗子（註：斗子即管糧食的差役），正坐在路邊的一所接官廳裡，擺上酒席等著接京中來的包大人，沒想到包大人一直不到，反而接了王粉頭。

「你們這些死傢伙，」王粉頭嗲聲嗲氣撒嬌，「要我來，又不來接我，害我從驢上跌下來，差點沒跌死，還好碰見個老頭——呀，差點忘了，我答應給那老頭一頓好酒肉的，你快賞他一份吧。」

斗子果真拿了大碗酒、大塊肉給老頭。

老頭接過來，自己不吃，反而把酒和肉都餵了驢，嘴裡還罵著：

「你去告訴那倉官，這種髒酒髒肉我不吃，吃了會髒壞我的名聲。」

斗子的眼睜得銅鈴大，氣沖沖去告訴小衙內。

「我現在沒有空，」小衙內也氣了，「你先把他吊在槐樹上，等我接了老包，再來慢慢打他！」

吊在樹上當然不太舒服，不過這些日子來千里奔波，人不是在馬上就是在廳堂上，這一下，倒不錯，至少心定神閒，還可以安安靜靜，居高臨下看看他們在搞什麼勾當。

「哎，這包大人也是，叫我去找小衙內和楊金吾，我可上哪兒去找？」來人是張千，「咦，這地方倒像個接官廳的模樣，嘿，嘿，原來那不知死活的二個傢伙還在喝酒呢！這下好了，老頭不在，我詐他一點酒肉來吃也是好的！」

「你們不要命的東西，」張千得意洋洋地大喝一聲，「包爺爺要來取你們的頭了，你們還喝酒呢！」

「小哥，求求你，救我們一救，我擺酒請你。」

「對呀，你這才叫求對人啦，我告訴你，包待制是『坐著的包待制』，我張千呢，就是『站著的包待制』，有事求我準沒錯。」

唉，人真是一種權力動物，一向畢恭畢敬的小張千，才離開一個時辰，也立刻換上這副作威作福的嘴臉。

「放心，包在我身上，」張千大剌剌地拍著胸脯，舉起酒來，往門外泥地上一潑，「我要不伸手救你們，我就跟這酒一樣！」

一陣風吹來，把他的醉意吹少了幾分，抬頭一看，天哪，他差點昏倒，怎麼這包老爺的一雙眼竟有本事無微不察地在每個地方出現，剛才說的那番大話不知是不是全被他聽了去，這老兒也作怪，放著好好的酒席不享用，不知怎麼神通，居然吊到樹上去了。

「哼，你們兩個貪官污吏，仗勢欺人的東西，包老爺從東門進來了，還不快去接！」這句話說得很大聲、很凶惡，是特意說給包待制聽的。

那兩個傢伙雖然想不通他為什麼前後口氣截然不同，卻也來不及細問，匆匆忙忙就跑向東門去了。

張千慌忙去解包待制的繩子。

王粉頭一個人坐著無趣，想想包公要來，自己在這裡也不方便，就上驢回家，包待制低聲下氣服侍她上了驢，把張千看得目瞪口呆。

「老頭，記得來見識見識紫金鎚喔！」她笑嘻嘻地叮嚀著。

大廳裡，包待制不怒而威的聲音迴盪著：

「我問你，欽定的米是多少銀子一石？」

「父親說，」小衙內處處抬出劉衙內的名字，「是十兩一石。」

「胡說，你騙別人猶可，我剛從朝廷來，明明是五兩一石。還有，你用加三大秤詐人家的銀子，卻用八升小斗苛扣別人的米糧，證據都在，你還有什麼可抵賴的。朝廷救災民的美意全被你們弄成肥自己的手段！」

「王粉蓮押到，紫金鎚也帶到！」

「王粉蓮！紫金鎚是誰給妳的？」

「楊金吾。」

「楊金吾，你知道這鎚上的記號是什麼？」

「這是御書圖號。」

「大膽，你既知道，怎麼可以隨便拿紫金鎚打良民，又隨便讓它流入娼妓手裡。——推出去，這種褻瀆官箴的惡棍，斬了！」

楊金吾立刻被帶去殺了頭，滿街上的百姓歡聲雷動。

「小懺古帶到！」

「是誰打死你的父親？」

「是那姓劉的小衙內！」

「好，紫金鎚給你，自己動手打死他好了。」

小慽古流著淚，咬著牙猛力一擊，那流人血的惡人終於也濺出自己的血，死了。

唉，兩個壞蛋是解決了，可是，為什麼當時那圓滑的滿朝文武竟沒有一個敢說話？明知弄出這個賊徒會苦了百姓，大家卻都樂得不說話。現在，人是殺了，卻弄得滿朝權貴都是自己的仇人。唉，包待制啊，包待制啊，憑你有通天本事，也斬不盡那批是非不明的「好人」所埋下的禍根啊！

正在這時候，劉衙內匆匆忙忙趕到了，這人仗著官勢，加上周圍的鄉愿，居然弄到了皇帝的赦書。

「赦書在此！」他揚手高聲叫道。

「書上怎麼說？」包待制不慌不忙地反問。

「赦活的，不赦死的。」

「張千，去看看，死的是誰？」

「是楊金吾和小衙內。」

「活的是誰？」

「是小慽古。」

「好，那就赦小慽古吧！」

「什麼？」劉衙內哇哇大叫，「人已經死了？我一番心血倒來赦小慽古？」

「這是官廳，不可胡鬧，張千，過來，連他也拿下，當初是他保舉這兩個『清忠廉幹』的官，他曾經具文保證如有差錯，甘願坐罪，現在，先把他押起來。」

走下審判者的高階，他覺得好累好累。人世間到底有多少不平事？

小憹古跪在地下叩謝，悲苦的臉上雖仍有淚痕，但他看得明白，那寃屈不平之氣卻已消失了。

「不要謝了，回去好好祭告你爹，」他的聲音不覺低下來、柔下來，「替我跟你爹說一聲，那小衙內說的不對，人的命不是『爛柹子』，不能隨便讓人捏壞。你爹說得對，人哪怕剩最後一口氣，還是想討回個公道的。」

滿耳秋風中，那老人頂著一頭蕭疏的白髮，兀自上了馬，在夾道的歡呼聲中，寂寞地走了。

八、以「強女子」為主角的劇

牆頭馬上

桃花女

王寶釧

牆頭馬上

元・白樸

作者為白樸，見前《梧桐雨》，此劇在明初有無名氏援而增益情節，再撰傳奇本的《牆頭馬上》。

「嗯，我們少俊哪，」裴老尚書，一提起兒子就眉飛色舞，忘了自己已經把這話重複說了許多遍了，「三歲能言，五歲識字，七歲草字如雲，十歲隨口吟詩，我說夫人，妳就放心，這次皇帝要我整頓西御園，我這把年紀，跑到洛陽去買奇花異草，精神哪裡夠用？只好奏請皇帝，讓少俊代我去了。」

「去磨練磨練也好，」老夫人的表情很複雜，「只是，他二十歲了，還沒娶親，又是第一次出門……」

「你放心了，少俊品性很好，向來不親女色，僕人張千也是個老成人，這件事萬無一失……」

春天，三月，少俊帶著張千到了洛陽城，自己既是一個漂亮儒雅的人物，所負的也是一項美麗的使命——買花，這趟旅行，真可以說是稱心快意了。

三月八日，洛陽習俗，這一天大家都去遊春，一片花團錦簇，人花爭豔。少俊一座一座名園去觀賞，留意看哪一家的花最好，反正皇家買東西是只問品質，不問價錢的。

忽然，他驚訝地站住腳，在一個私人花園的矮牆上露出一個女孩的臉，神采奪人，比花木動人多了。

那女孩顯然也看到他了。兩個人都不說話只呆呆地互看了一會。

「小姐，」梅香丫頭暗暗扯她的衣裳，「妳盯著人家看什麼，人家不見得中意妳啊！」

「少爺，少爺，」那邊的佣人張千也在著急，「別惹事，咱們是來看花的。」

少俊被拖著拉著走遠了。

「張千，你把這封信給我傳去，」裴少俊心有不甘，「你別笑，那小姐一看就是一副識字的樣字，你傳去就是了。」

「我這樣冒冒失失地跑去，給人家識破，會挨打的呀！」

「傻瓜，你如果碰見別人，就說是想買花的；如果看到小姐本人，就說是送信的。小姐反應好，你就招手，小姐生氣，你就擺手。」

「好罷。」張千也給他說得有點興頭了。

「小姐，妳來看，」梅香叫起來，「有個人拿張紙條說要給妳，不知寫些什麼呢！」

張千察顏觀色覺得屬於「反應良好」，便遠遠地招了招手，裴少俊高興極了。小姐匆匆跑出來一看，原來是一首小詩，她當即也回了一首，一方面訂下當晚的後花園之約，一方面也署了個「千金」，讓對方知道自己的名字。梅香很覺興奮地送了過去。

千金的父親是李世傑，也是一位朝官，他最近出差去了。千金的母親當天去走親戚，晚上回來有些累，便先去睡了，偌大的房子只剩一個老佣人沒睡。

夜色越來越深了。

「梅香，妳出去看看嘛！」千金忍不住有點著急。

「張千，」短牆外的裴少俊也正緊張，「你別出聲，我現在跳牆進去，你等著我回來。」

梅香把少俊帶到小姐的繡房裡，薄涼的春夜，他們羞怯地倚偎在一起，說些相見恨晚的傻話。

「奇怪，這麼晚了，小姐房裡怎麼嘰嘰咕咕的還有聲音？」忠心勤快的老佣人像個夜貓子在家裡東巡西巡，終於發覺有異。

「小姐啊！」把風的梅香急忙來通知，「快熄燈，別說話，老奶奶來了。」

「哼，晚啦，」老佣人生了氣，「我早站在這窗外半天了。真能幹啊，好好的大小姐，居然敢養起漢子來了，這年頭啊……」

「老奶奶，」千金嚇得哭起來，現在，她想起一切道德、宗教和箴言來了，「我沒有臉在這個家裡待下去了，妳放我們兩個人，讓我們私奔了吧！我一輩子感激妳。」

裴少俊也急得跟小姐一起跪了下來

「這男人是誰？」

「我是一個路過的書生，」被人當賊一樣抓住了，裴少俊不敢說出自己是裴尚書的兒子。

「虧妳看上這種窮酸，」老佣人臉色鐵青，「他把我們看成哪種人家了？我們把他告到官府裡去！」

「不要逼我，」千金拿起一把刀，「妳逼我，我就死，到時候母親也不饒妳。」

老佣人猶疑了。

「好吧，我教妳兩個辦法，」她終於讓步了，「第一，叫這書生快去求功名，有了功名，回來娶妳，沒有，妳就另嫁別人。第二，我放你們兩個私奔，等這書生得了官，一起回來認親——料妳父母到時候也沒什麼饒不過的。」

「我，我現在就走吧——可是，母親年高了，怎麼捨得？」

真要走了，千金反而悲傷起來。

「女孩子難道是娘家的客人嗎？為什麼她或早或遲都得走呢？」

梅香不理她，正急急為她整理了一個小布包。

七年過去了。

「我們少俊哪！」裴老尚書提起兒子仍然是那副口氣，「天天躲在後花園的書房裡看書，真用功、真老實，他志氣大，一心想求功名，到現在還不肯娶親呢！」

而這一天剛好是清明，裴尚書身體不太舒服，只叫妻子和兒子去上墳，他自己一人在家，不免有點悶，便想到書房中去看看兒子的功課

奇怪的是走到花園裡竟發現守門的老僕在打瞌睡，而一對漂亮的小男孩、小女孩，正活蹦亂跳地在花園裡玩。

「你們是誰家小孩？」

「裴家的！」小男孩挺胸當先，一副男子漢的樣子，其實他看樣子也才只有五六歲。

「什麼裴家？」

「就是裴尚書家。」小女孩更小，但說話顯然比哥哥更清楚仔細。

院公的神色有點慌張，他急著去捉兩個小孩。

「快滾，你們這偷花的小賊。」

裴老尚書覺得事情有點奇怪，他也不說話，逕自到書房去了。一向都是少俊到他房裡來請安，他已經許多年沒到少俊的房裡去過了。

剛走到門口，只見剛才那兩個小孩直奔書房，更怪的是書房跑出個女人來，把他們急急抱過去，然後趕緊把門拴上。

「怪事，哪來的女人？」

「那女人也是偷花的，」老僕人趕快解釋，「給我一追，嚇得躲到房間裡去啦，我看，就饒了她，放她走了吧！」

「不是的，」那女子一手牽一個孩子，含淚走出門來，「我們不是偷花賊，孩兒我是裴少俊的妻子！」

「什麼？裴少俊結婚了？誰是媒人，聘禮在哪裡？誰給他主的婚？」

千金低下了頭。

「這兩個小孩哪來的？」

「哎呀，」老僕人趕緊打圓場，「老相公該高興才是，一分錢沒花，居然娶了這麼漂亮的媳婦，生了這樣一雙好兒女。那男孩叫端端，女孩叫重陽，我看今天補請個客就是了，老漢這就去買羊！」

「站住！」裴尚書大怒，「你們合起來把我瞞得死緊，這女人絕不是好人家出身，不是歌樓的就是酒館的！」

「我父親也是官宦出身。」千金委屈地說。

「閉嘴，好人家出不了妳這種淫奔的女人！」

千金感到悲哀了，兩個人做的是同一回事，但公公卻一口咬定她出身下賤。

這時老夫人和少俊掃墓回來了，裴尚書以為妻子也串通一起騙他，又是一陣混亂大吵。裴尚書氣極了，聲言要把他們這種「破壞善良風俗」的男女送上法庭。

「父親息怒，」裴少俊的態度立刻改了，「孩兒是卿相之子，怎可為這種案子上法庭受凌辱，這樣好了，孩兒寫休書叫她回去就是了。」

「你看，我一輩子像周公一樣方正，老夫人像孟母一樣有德，全是妳這個外來的淫婦，勾引我兒子，敗壞他的前程，辱汙了我裴家的列祖列宗！」

「我不是淫婦，我只有少俊一個男人。」

「妳還敢強嘴，沒有媒人，沒有聘禮，自己偷跑出來的，不是淫婦是什麼？來，張千！把兩個小孩留下，這女人給我趕走！」

裴少俊到底不忍，親自把她送回娘家去。

「父親這樣想，我也不敢違背，」裴少俊很慚愧地向妻子解釋，「我這一走，也不回去了，我直接上朝取應去了。」

回到洛陽，依然是春天，滿城的花燦開一如往日。

但回到故宅，千金才知道父母已經死去了，她忽然發現自己為那一場愛情付上多大的代價！父母死時，想必是暗懷著女兒半夜失蹤的不可告人之痛而死的吧？

但是，她得到了什麼？

娘家的田宅奴僕尚在，生活是不成問題了，但想起端端和重陽，她只覺得萬箭鑽心。那堵矮牆還在那裡，曾經，他們最初的目光在那裡相遇，而後，那書生半夜越牆而來，而今，牆上只有一片冷冷的青苔……

「小姐，小姐，好消息，」梅香跑得好急，「姊夫來了，找妳。」

「胡說！」

「真的是他！」

「就算是他，也不關我事！」

裴少俊在外面等得不耐煩，便逕自走進來了。

依舊是當年的繡房，而他所穿的也仍舊是當年做秀才的衣服。事實上，他已經中了狀元，又得了洛陽縣令的官位，但是重訪千金，他只想穿那一件舊日的衣服。

「千金，妳這一向好嗎？我來找妳，讓我們重新在一起吧！」

「喲，這位飽讀詩書所以會寫休書的人來啦！」

「不要這樣說，我們重做夫妻吧！」

「誰敢去勾引你！」

「現在情形不同了，」少俊終於把事情透露了出來，「我父親退休了，反而我做了洛陽縣令，我今天就搬行李來住。」

「不，好女人不讓陌生男子來住的！」

「我是你丈夫啊！」

「已經不是了！」

「當初是父親逼我。」

「你家的人是周公、是孟母、是純潔少年，我呢？是淫婦，辱沒了你們祖宗八代。」

「千金，妳也讀過書，書上說，男人如果喜歡他的妻子，而他的父母不喜歡，他就該把她休掉。反過來說，如果男人不喜歡他的妻子，而他的父母卻覺得這媳婦侍候他們很周到，他就該留下這個妻子。」

「你那父親，他哪裡是尚書，他自以為是月老，可以控制普天下的姻緣呢！」

裴少俊從來不知道千金說起話也能這樣逼人，她一向都是溫柔嫻靜的，他吃驚地望著這一無所懼女人，心裡覺得既陌生又尊敬。

而門口喧喧騰騰的，原來老尚書趕來了。老夫人和端端、重陽也全來了。

「哎，哎，妳這個傻孩子，怎麼不早說，原來妳是李世傑的女兒，這件事說來才巧哪！我們裴李兩家是議過婚的，當時，我跟妳爹爹政見不合，就把兒女婚事擱了下來，沒想到人算不如天算，你們倒自己碰上了。對不起，是我錯了，我現在牽著羊、擔著酒來做個喜慶筵席。」

「看我的面子吧！」老夫人在一旁說，「這些日子，我養這兩個小孩也夠累的呢！」

「媽媽！媽媽！」兩個孩子一起哭起來。

「認了我們吧！」

「不！你們忘了，我是被休了的！」

看著沒有希望了，這一群人轉身要走了。

「媽媽，媽媽——」端端大聲哭個不停。

「媽媽！」重陽一邊哭，一邊說，「妳不要這樣嘛，我都傷心死了，妳不回來，我跟哥哥真的會死。」

千金再也撐不住，一把緊緊地抱起孩子，再也不肯放了。

「我認了你們！」她一咬牙，高聲說著。

老夫人樂了起來，趕忙奔前跑後去備酒席。而千金什麼都沒聽到，祝賀聲、殺羊聲、笙歌聲，統統都不在她的世界裡，她只一逕緊緊緊緊地抱住孩子。

桃花女

元・王曄

或謂作者佚名，或謂王曄作，王曄字日新（或謂日華）杭州人，體肥，善滑稽，能詞章樂府。作雜劇三本，今餘《桃花女》。

在洛陽城外有一個小小的村莊，在百十多人家裡，只有主要的三戶人家，一家姓彭、一家姓任、一家姓石。這三戶人家有無相濟，不像鄰居，倒像異姓骨肉了。那彭家是彭祖的後代，沒有子女。任家有一個獨生女兒，叫桃花。石家有個兒子，叫石留住，孤兒寡母到現在兒子總算有二十歲了。

這天早晨，石婆婆心裡有點七上八下，因為兒子春天到南方經商，不知怎麼搞的至今音訊全無，石婆婆知道彭大在城裡一位周公家裡作傭工，聽說那周公算卦很靈驗，他每天要彭大挑十兩重的一個銀子在街上走，一面喊著說，算不準的倒賠十兩銀子，而三十年來竟沒有人能拿走那塊銀子。

「既然那麼靈，我就弄個幾文錢也去試試吧！」石婆婆心想，「到底兒子吉凶不知如何？」

彭大把石婆婆帶到周公家，報了生辰八字。

「哎呀，妳兒子注定短命。」

「短命也罷，但至少要知道什麼時候回來，我也好見他一面呀！」

「不行，他今夜三更壽盡，死在一堵土牆下。」周公的臉冷酷無情，「你們見不到最後一面了。」

石婆婆一路哭回家。

「婆婆，」任家桃花女等在門口，「我想繡花，先跟妳借幾根針好嗎?哎呀，怎麼回事，妳眼睛都哭紅了！」

石婆婆說出了原委。

「來，石婆婆別煩惱，我也會算，」桃花女安慰她，「讓我掐指算來，喔，這周公算得不差，的確石大哥的命該如此。」

「妳也這樣說，那是死定了！」

「不然，我教妳個辦法，今天半夜三更，妳倒坐在門限上，散頭髮，用馬杓兒（註：即廚房內用的大型匙，一般相信有收驚等法力）在門限上敲三下，口裡大叫三聲石留住。石大哥的命就能保住。」

天黑了，急著趕回家的石留住被困在大雨裡，四下是荒野，他看到有一所破窰，便毫不考慮地鑽進去躲雨。

「石留住！石留住！石留住！」

半夜三更，他聽見一陣熟悉的喊聲，在這樣的荒野裡，有誰會用那樣熱切的聲音喊他呢？

「我在這裡！」他跳出洞來。

四野寂然，窰洞嘩一聲倒了。

石留住回到家，把經過說了，母子倆高高興興去向周公討十兩銀子，周公沒辦法，只好付了錢，三十年的老招牌一旦砸了，羞得連店門也不敢開。

「哎，哎，你老人家這是何苦來，」彭大侍候周公也三十年了，這幾天看他情緒不好，便也來勸解，「年紀大了，偶然不濟事也不算什麼，俗話說『一日不害羞，三日吃飯飽』。」

「唉，十兩銀子不算什麼，但這次臉真丟大了，這樣吧，咱們反正閒著也無聊，不如我來替你算命吧。」

「算了，算了，我都活到六十九歲了，還算什麼命？」

「不得了！」周公排算了一下，大叫起來，「你今日無事，明日無事，後天午時死在炕上。」

「哎喲，陰陽的事，就跟狗咬跳蚤似的，有時碰巧咬著了，有時就咬不著！我才不信你呢！」

「你服侍了我這麼多年，喏，這兩銀子送你，你回去跟朋友們吃個臨別酒吧，你的喪事包在我身上，我不會虧待你的，你現在就回莊上去吧！」

彭大拿了銀子，口裡雖說不信，心裡卻不免發毛。回到村子裡，他看到多年好友任二公，便進去坐坐。

「我主人周公說，我後天中午要死了，我這裡有一兩銀子，咱們哥兒倆一輩子知己，現在先喝個告別酒吧！」

「別信他的，」任二公安慰他，「我女兒桃花的手藝不錯，等下我叫她弄個酒菜就是了，你的銀子收著吧。」

桃花女恰好回來，她剛得了石婆婆送的針，現在又去配了線來，她打算要好好繡幾朵花，她是個閒適美麗而又能幹的女孩，看起來，一點不像懂得天機命運的樣子。回到家裡，她絮絮叨叨告訴爹爹一路上看到的風光，一個倒騎牛的小牧童，一家家豐收的景象，還有那漂亮的一組組絲線。然後她注意到任二伯的神色不對，她急急到廚下去殺鷄煮酒，然後在席間慢慢套些口風。彭大終於又把事情對她說了一遍。

「周公算得很靈哪，除了石婆婆的兒子，每一個都算得準準的。」

「伯伯你生辰八字告訴我，我也來算算。」

「嘿，我這個丫頭啊，也好像很會算呢！」任二伯哈哈的不當一回事，「居然也有點靈驗。」

「憑妳個十八歲的丫頭。」彭大還不知道石家的事，「怎麼算得過經驗豐富的老周公。」

「嗯，周公的確厲害。」桃花女掐指一算，「一個時辰也不差，是後天午時。」

「我早就說他算得準！」彭大一聽，也顧不得老臉，居然痛哭起來。

「準？他也不見得天下無敵，我教你個法子，包你不死。」

「那太好了，我要有了命，將來背上披鞍，口中銜鐵（註：意指來生變馬）來謝妳。」

半夜，彭大依著桃花女所教的，準備了七份香花素果、明燈，等待天上七星下降。原來他們是來考查人間善惡的，看到香花素果，心裡很高興，正在這時候，彭大跳出來，扯住了一位星官。

「你扯我做什麼？你要官嗎？要祿嗎？」

「不，我命裡注定明天午時死，我要壽！」

「好，我把你的六十九勾掉，加三十，九十九歲，好嗎？」

「夠了，夠了，太多了。」

第三天午時，周公去彭大家弔喪。

「你的盛情我心領啦。」彭大笑哈哈的，「你給我十兩銀子吧——只要付九兩就成了，你前天已經送我一兩了！」

周公連遭兩番挫辱，立刻關上門，威脅彭大。

「到底是誰人破了我的法，是誰想搶我的招牌？」

彭大不得已，只好把過程細說了一遍，並且還告訴他，連石留住的命也是桃花女救的。

周公聽完了，完全不想檢討自己一心只想「算得準」，桃花女卻只想「救人」，他恨的是對方竟然只是個十八歲的女孩子。他眉頭一皺，想了條計謀。

「這樣吧，冤仇宜解不宜結，彭大，你看我那增福孩兒，今年二十一了，咱們去把桃花女娶來，這樣人才還是落在我家好些。」

「這是你老人家的如意算盤，任家不一定答應啊！」

「你聽我說，你明天送一桌酒一匹紅去。你說，是你謝桃花女的席，他們一定吃了席，收了紅。等吃下去，收下去，我再說，是我送的花紅酒禮，他們就賴不掉了！」

「那，豈不是要我騙人嗎？」

「哼，你敢不騙，我打死你。」

「好，好，你老人家別發脾氣。」彭大怕了，「我去辦就是了。」

周公一面又找媒婆去說親，任二公不答應，彭大不得已，告訴他剛才的花紅酒禮金是周公的。

「你居然這樣出賣朋友！還虧你的命是我女兒救的！」

「話也不是這樣說啦，我跟他三十年了，」彭大這人是非觀念不太清楚，「眼看增福長大的，他也算是一表人材，你女兒不小了，這也不算壞事啊！」

「但為什麼要弄圈套？」任二公氣得發昏。

而桃花女這時卻在東莊上找人磨她的銅鏡，她是一個愛照鏡子的女孩。鏡子此刻磨得晶亮，她愛不釋手地照了一照。

忽然，她感到頭髮像被人揪了一把似的，整個人都惶亂不安起來，她意識到有什麼事發生，便急急忙忙趕回家去。只見爹爹正生氣，跟彭大公快要大打出手了。看見她回來，三個人一起上來各說各的理。媒婆尤其努力，把周家的好處說得滿天亂飛，更好笑的是她還保證周公要傳桃花女一身算命的本事。

「哈哈，」桃花女不屑，「誰稀罕他家吃得好住得好，咱們鄉下人有蠶有桑，囤裡堆著細米，垛下疊有乾柴，他們城裡那些東西又有什麼好？至於雪花銀子三十個，我也不正眼瞧，還有他那套陰陽卦爻，也休到我面前來神氣。」

三個人聽她一席罵都不說話。

「不過，我才不怕他，要嫁，我也敢嫁，他擺布不了我的！」

三個人都很驚訝！她居然答應了。

「好，妳答應，我就答應。」任二公說，他覺得女兒總是對的。

其實，周公哪裡是要娶媳婦，他想要好好害一害桃花女，桃花女豈有不知之理？棋逢對手，她要跟他好好鬥一鬥。

周公第一個害她的方法是讓她在一個壞時辰出門，讓她不死即傷。桃花女去隔壁請了石婆婆的兒子石留住來送親，要他拿著篩子前行，篩子有「千眼」，據說能避鬼，桃花女自己則戴個花冠，於是便撞過去了。

周公又算準上車時辰也凶，撞著「太歲」，但桃花女叫車子先退三步，然後再往前走，就沒事了，桃花女還用個手帕把臉蒙上，避了凶氣。

新人的車子快到了，周公笑咪咪迎了出去。

「死了沒？」周公問。

「活活的呢！」彭大說，接著就把新娘的辦法講了一遍，周公不禁驚奇。

周公的第三個機會，是讓她下車的時候，踏著「黑道」，但桃花女叫石留住拿兩張席來，輪著墊腳，她終於沒踏到地面上。

第四關是讓她在「星日馬」當頭的時刻入門，據說這時入門會被馬踢死踏死，桃花女叫人用一副馬鞍搭在門限上。第五關是入牆院，碰到「鬼金羊」、「昴日鷄」當頭，桃花女叫石留住取一面鏡子，可以照臉，另外弄些碎草、米穀、五色銅錢，一路走一路撒，滿院的小孩都在撿，凶氣也就沖散了……接著是進第三重門，碰到「喪門弔客」當頭，桃花女要石留住進門時朝天放三箭。最後，周公又算準讓新人在「白虎」當頭時鋪床，桃花也算準了，便叫小姑臘梅來陪她，她抽身說更衣跑開了，等她回來，臘梅竟死了。

七道凶險，她全沒事，最後一關反而把周公自己的女兒弄死了，周公又驚又痛。

「你要她活過來嗎？」

「當然要，當然要。」

桃花女於是念動咒語，臘梅活轉過來。

種種陰謀都失敗了，周公想起最狠的一招，他要彭大到城外東南角去砍死一棵小桃樹，那是桃花女的本命，一旦砍死，桃花女就完了。

「我不能去，我的命是她救的。」

「你不去我打死你。」

「哎，哎，我去她死，我不去我死，那——還是讓她死吧。」彭大一口答應了，然後又自我寬解地想，「反正他鬥不過桃花女，所以，砍了樹也不該出麻煩。」

「彭伯伯，你一大早拿著斧頭作什麼？你要出城去砍桃樹嗎？」

「不，不，我去砍些柴燒。」

「別騙我了，我都知道了，你既然非砍不可，你來，我教你個辦法。」她如此這般交代了一串計謀，「你要記得我的救命恩惠，就照我說的去做。」

彭大滿口答應了。

出城不久，他找到了那棵樹，他記得桃花女的話，只砍了半截就回來了。回到家一看，桃花女果真死了，周公喜歡得不得了。彭大實在看不過，就照桃花女生前的吩咐，拿著砍回來的半截桃枝在門限上敲。敲一下，小姐臘梅死了。敲兩下，少爺增福死了，周公惶恐起來，也沒有時間供他惶恐了，因為敲第三下的時候，周公也倒下了。

彭大簡直不相信眼前發生的事，桃花說的事竟靈驗得絲毫不差，他有點害怕起來。

「該死，」他慢慢恢復正常，「我還忘了做一件事。」

他跑到桃花女耳旁，高聲叫著。「桃花女，快蘇醒吧！桃花女，快蘇醒吧！」

桃花女伸伸懶腰，爬了起來。她悠閒地走來走去，好像什麼凶險都沒發生過。她拿了碗淨水朝周公噴灑念咒，周公活了過來，這一回他知道，他輸定了。

「妳，妳把增福救起來吧！」他的口氣和緩下來，「他好歹是妳丈夫。」

桃花女不說什麼，她把增福救了。

「連臘梅也一起救了吧，她是妳小姑啊！」

桃花女也照做了。

「唉，」周公嘆了一口氣，「其實妳也是個好女孩，只為我三十年的招牌兩番砸在妳的手裡，心裡氣不過，便想來跟妳比試個高低，現在呢？畢竟不打不相識，我也輸得心服口服了，現在我想通了，這也沒什麼不好，兒孫後輩超前輩，也是家道日興的好事啊！」

任家、石家、彭家，連同媒婆家大大小小、老老少少全來了，新郎新娘拜了天地，開始大張筵席。那一天大家喝得個爛醉，總共開了幾罎酒，周公也糊里糊塗懶得問了，三十年來，他還從來沒有如此不精細、不算計過呢！

王寶釧

清・平劇・佚名

作者佚名，此類包括「戲妻」情節的戲尚有《秋胡戲妻》等，熊式一曾於一九三四年將《王寶釧》改寫為英文劇。

王寶釧正低著頭，繡一隻靈動欲飛的龍。金黃沉紫和火紅的繡線一針一針上下穿梭，眼見得一條龍就要繡好了。忽然，她推開繡線，臉紅起來，她想起昨夜的夢了。夢中一顆大紅星，猛然墜在她懷裡，而此刻，那條繡花綳子上的龍，也是如此帶著火的耀動，直撲下來。

和丫頭一起，她走到花園裡去，宰相府的名花異草開得整齊規矩而飽滿。

「哇，失火了。」丫頭大叫起來。

寶釧鎮定地走過去，沒有火，只見一個襤褸的流浪人，坐在花園門口打盹，這人顯然是窮人，但他睡熟的臉部安詳平靜，他的周身有一種說不出的、逼人的光輝。

忽然，王寶釧又想起夢裡那顆光燦燦的大星。不知為什麼，這人使她想到光，逼人的光。

「你叫什麼名字，哪裡人？」

「我住長安，父母早死，我一個人到處流浪，我的名字叫薛平貴。」

「你父母死以前，沒跟你訂親嗎？」

「窮成這樣，小姐，」那人無奈地苦笑，「怎麼敢去說親？」

王寶釧睜著一雙清亮、純潔得近乎無知的眼睛，打量著這個陌生人。奇怪，成天出入相府的人倒也不少，但這個男人卻與眾不同，大姊金釧嫁給蘇龍，二姊銀釧嫁給魏虎，跟蘇龍、魏虎比，就彷彿這人是鐵打，那些人是紙紮的。

「二月二日，父親要給我結彩樓拋繡球，不知什麼人有姻緣，你也可以來試試。」

「來的都是王孫公子吧！」

「婚姻的事，靠緣。」

「我會來的。」

王寶釧站在高高的彩樓上，手裡拿著個旋轉不定的球，那薛平貴還沒有來，她焦急地四下張望，都是些什麼人呢？似乎有王孫公子，也有商人農人，一隻小小的彩球輕輕一擲，一個女人的命運就這樣決定了？

忽然，她看到那耀眼的、火一樣的男人，她急速把球向他擲去，但群眾忽然像山崩一樣壓下來，人人都去搶那只球，他揀到了嗎？她看不清楚，什麼時候開始她如此在乎這個人的？她不服氣地想。

然後，她看到了，天從人願，球，帶著她的祝福與關懷，好端端的被捧在那人手裡。她站在高高的彩樓上，他站在塵埃裡，但她明白，而今而後，他們將一生一世在一起了。

「相府的千金小姐，去配路邊的叫花子薛平貴，笑話，」父親很生氣，「退掉，退掉，我隨便替你找個王孫公子。」

「父親，人要講信用，不要說打著了叫花子，就是打著了一塊石頭，我也會抱它三年五年的！」

「妳在跟我賭氣嗎？」

「沒有！」

「那麼為什麼不聽話另外嫁人？」

「這種事別說爹爹，聖旨也改不了！」

「妳也想想，大姊金釧、二姊銀釧都不及妳漂亮可愛，她們都嫁得那麼好，妳反而嫁給一個叫化子嗎？」

「人總有倒楣的時候，我們怎麼能知道未來呢？一朝得志，說不定，他也不在爹爹之下。」

「大膽，」父親咆哮起來，「退！退！退！非退不可！」

「不！絕對絕對不退！」

「不退妳身上兩件漂亮衣服還我！」

「可以，但是爹爹還記得這兩件寶衣哪裡來的嗎？」

「聖上賜的。」

「聖上為什麼賜爹爹？」

「因為君臣之誼。」

「聖上倒有君臣之誼——爹爹卻沒有父女之義嗎？」

「只要妳肯退親，別說這兩件寶衣，就是滿箱金銀也隨妳拿啊。愛多少，拿多少。」

「可是，我不要了，這『日月龍鳳襖』、『山河地理裙』都還給你吧，還給『嫌貧愛富的人』。」

看到女兒賭氣噘嘴發狠的模樣，父親的心又軟了，脫了宮裝之後，她只穿一件樸實的素色衣裙，反而益發楚楚憐人。

「妳倒會說話，我嫌貧愛富沒錯，可是，我是為了誰？」

「不知道！」

「就是為妳這個小鬼頭呀！」

「我的事是我的命——不須麻煩爹爹，爹爹，你手摸胸膛想一想，如今膝前還有誰，就我一個了，你就不能多疼我一點嗎？」

「不錯，就妳一個了，妳還不能多孝順我一點嗎？」

「孝順？如果母親死了，我會來披麻戴孝。」

「如果我死了呢？」

「我不會哭一聲的！」

「王寶釧，妳聽著，妳太倔強了，妳會後悔的，我現在也死了心了。我算沒有這個女兒，我跟妳『三擊掌』，就此斷了父女情算了。」

「我走了，」王寶釧轉身，避免直接衝突，「我去拜別母親。」

「不准！」他在盛怒中吩咐丫環把守後堂，「誰敢進去，打斷他狗腿。」

她不爭執了，她走到父親面前，跟父親擊了三下手掌，從此恩斷義絕。

「告訴母親一聲，」她囑咐丫環，「我現在就搬到寒窰裡去了！」臨走，她偷看了父親一眼，心裡猛然一驚，不知在神色眉目的哪一部分，或是在盛怒的表情中，父親看來跟她真是相像。

而且，父親也在遠遠地偷眼看她。

寒窰裡只有極微弱的光線，相府裡珠圍翠繞的生活至此是完全沒有了。是錯覺嗎？她忽然覺得小別數日的丈夫回來了，前幾天聽說楚江河下妖怪作亂，他趕著去了。婚後他一直在掙扎找個出路，圖點出息，他不要辜負王寶釧。此刻她看見金紅色的頭盔，閃耀生光的鎧甲，以及高大的紅鬃毛的駿馬，是他嗎？

「三姐，我回來了。」

「我快要不敢認你了，怎麼回事。」

「我降了妖怪，其實也不是什麼妖怪，就是這匹烈馬，奇怪，一看到我，牠倒很乖，皇上看見高興了，封了我做將軍。」

「啊！那太好了！」王寶釧像小女孩一樣高興起來，「謝天謝地。」

「可是，妳別急著謝天謝地，我，又要走了。」

「為什麼？」

「你父親私仇公報，他說西涼國下了戰表，我們要去迎敵，妳大姊夫、二姊夫做正副元帥，我卻做危險的『馬前先行』，軍隊現在就要開拔了。」

「什麼？」王寶釧不能接受，「我不相信，現在就走？西涼國？」

「不要哭，我給你留了十擔乾柴，八斗老米，我也不知什麼時候回來——妳守得住就守，守不住就忘了我，另圖出路吧！」

「守得住我自會守，」王寶釧氣憤起來，「守不住我也會守！」

遠處有三聲清晰的大軍出發的炮聲，平貴縱身上馬去了。

魏虎帶消息來，說平貴戰死在西涼國。

寒窰中風雨淒淒，王寶釧病了。母親趕來看她。

「三個孩子裡，妳最聰明、最漂亮，」母親老淚縱橫，「或許是我們太寵妳了，妳的脾氣弄得這麼倔，看妳大姊二姊，日子過得多稱心如意。」

「那是她們的命，可是，窮人也是人，窮人也是人嫁的。」

「妳的病怎麼樣了。」

「也沒什麼，只是聽到平貴死了——我是不相信的——爹爹卻派人逼我改嫁，我一氣就病了，現在看到母親，已經好了一半了。」

「跟我回去吧！這寒窰實在住不得人啊！」

「我已經跟父親三擊掌了，我餓死也不回去住的！」

「妳不回去，我就搬來！」

「不，母親，妳受不了這種日子的，妳老人家還是回相府去吧！」

「妳可以住十七年，我怎麼不能？」

母親的臉很決絕，她急起來，不知怎麼辦才好。

「我跟妳回去。」她迅速地站起來。

母親高興地笑了，眼中閃過一陣詭譎的表情，王寶釧也是。母親一腳跨出寒窰，王寶釧急急縮了回來，關上窰門。

「喂，喂，寶釧開門，妳這是幹什麼？」

「母親，我騙妳的，妳回去吧，謝謝妳帶來的米糧。」寶釧隔著門哭了，「但是寒窰不是妳住的地方，相府也不再是我住的地方。」

一扇厚木門，裡面滴滿了淚水，外面也滴滿了淚水。

薛平貴站在武家坡上，前塵舊夢，一霎時都來到眼前。自從在三響炮聲中跨馬而去，他已建立了不小的功勳，但魏虎為了奪功，便把他灌醉了，綁在紅鬃烈馬上，直放西涼國而去。沒想到西涼國老王沒有殺他，反而命令他和代戰公主成婚，老王死後，公主力保他做西涼王，匆匆十八年這樣過去了。

直到那天早晨，他打下了一隻大雁，雁足上竟然綁著王寶釧撕下羅裙、咬破指尖寫的血書。

「早來尚能相見，」她在信上寫著，「稍遲一步，難保此世還能團圓。」

身為公主的丈夫，其實也只是一種「高尚的入贅」，行動哪有什麼自由？看到妻子的信，他激動起來。一場酒，灌醉了代戰公主，他便直奔長安而來。

武家坡荒涼依舊，一個鳩衣百結的婦人蹲在地上挖菜，她那樣專注，目不斜視，彷彿天地間只有那一棵野菜，她那固執的神氣是他熟悉的，難道她是一別十八年的王寶釧嗎？

她又換了一個角度去挖另一棵菜，他確定了，是她。十八年過去，他忽然莫名其妙的想要惡作劇一番。

「喂，有件事麻煩大嫂。」

「軍爺迷路了嗎？」

「陽關大道，哪會走迷，我是來找人的——鼎鼎大名的，王丞相之女，薛平貴之妻，王寶釧。」

「你，你跟王寶釧有親還是有故？」她竟對面不能認識這人。

「非親非故，只是她丈夫託我帶封家書！」
「啊，我就是，原來他真的還活著，家書在哪裡？」
「啊呀！掉啦，」他胡亂摸了一陣，「我想起來了，我放在箭袋裡，剛才打雁，一抽箭，搞掉了。」
「那雁吃了你的心肝才好！」王寶釧跺腳罵道，「我就是王寶釧，你這種為人謀而不忠，與朋友交而不信的壞蛋！」
「呀！呀！大嫂別生氣，」他口氣開始輕浮起來，「信雖掉了，上面的話我倒記得。他說『八月十五日月光明，薛大哥在月下修書文，三餐茶飯小軍造，衣裳破了自有人縫』。」
「他還好嗎？」
「他不好哩，」薛平貴苦著臉，「他丟了一匹馬，要賠十兩銀子，他沒有，因為他花天酒地存不了錢，只好跟我借，後來弄到連本帶利欠我二十兩啦！」
「你為什麼不跟他要。」
「要也要不出來啊！後來他想了個辦法，說在長安城南武家坡，他還有妻子叫王寶釧，就抵給我好了——所以現在妳是我的人啦！」
「欠錢還錢，我到我父親的相府裡去要錢還你就是了！」

「我不要錢，只要人。」薛平貴暗自想笑，卻忍住了，「妳別逞強，我把妳一把抱上馬，跑回西涼國去，妳還有什麼辦法？」

「啊，那邊有人來了。」王寶釧大叫了一聲。

薛平貴一回頭，漠漠荒郊，哪裡有人影？她趁機迅速抓了一把沙，對準來人的眼睛一丟，立刻脫逃回洞，牢牢地關上門。

「開門，開門，我跟妳鬧著玩的，我是妳丈夫啊！」薛平貴揉著眼睛，流著淚在門外大叫，這把沙子真厲害。

王寶釧不理。

「十八年了，三姐，我看了妳的羅裙血書才回來的。」從門縫裡，他遞進血書。門開了。

「真是你嗎？」王寶釧驚疑地看著他，「我的薛郎是沒有鬍子的。」

「你沒聽過嗎？『少年子弟江湖老，紅粉佳人兩鬢斑』，三姐，妳也到水盆裡去照照自己的容顏吧！」

「真的，真的十八年了，我也老了！」

生命裡能有幾個十八年呢？曾經失去的歲月，只能用未來的恩愛作補償了。

當然，就薛平貴這方面而言其結尾是更愉快的。他出了當年的一口氣，又封了寶釧和代戰公主兩位同作皇后，那是舊時代裡一切男人的美夢。

而王寶釧，終於跟父親和解了，並且在父親有難時以自己力量救了他。她一直要證明自己的判斷比父親高明，她一直相信，自己可以丟掉「相府小姐」的身分而活得下去，她，成功了。

九、釋道劇

來生債
張生煮海
藍采和

來生債

元・佚名

或謂作者不詳，或謂元劉君錫所作，劉為元燕山人（今河北薊縣），《錄鬼簿》上謂：「性方介，人或有短，正色責之……人稱為白眉翁，家貧……不屈節……所作樂府行于世者極多。」今僅存《來生債》。

本來，一切事都好好的。

早晨，龐居士起來，帶著佣人行錢去探望朋友李孝先的病。

龐居士是一個財主，由於祖傳的產業他生活得很舒適。但此刻，他大吃一驚，不過幾天不見，李孝先怎麼會病成這副樣子，人生真是這樣無常啊！

「到底是怎麼回事?」

「那天我從衙門經過,看到一個人給人吊起來拷打,我不知道他犯了什麼罪,一問,原來是個欠債的,」李孝先的聲音哽住了,「我就想起,我也借過你二兩銀子,連本帶利,該還四兩了,但現在我的買賣失敗了,哪來的錢還呢?說不定哪一天,我也像那人一樣給吊起來……」

龐居士呆住了,這是怎麼回事?他是太有錢了,他雖然也有一份很難得的,屬於有錢人的仁慈,但對現實社會,他幾乎不了解,怎麼回事呢?好心好意借錢給朋友,沒幫上忙,朋友反而憂急成病?

難道這就是錢的意義嗎?

「去把那二兩銀子的借據當面燒掉!」他回頭吩咐佣人行錢,「另外,再給李先生送二兩銀子來治病。」

「這樣的恩情我今生今世報不了,」李孝先哭起來,「來生變牛變馬,我也要償還……」

龐居士回到家裡,把大批文契全燒了,因為他不知道有多少欠債的人正像李孝先一樣,被「還債」的壓力逼得喘不過氣來。

歷年的文契積得有幾大箱,行錢一一搬到院子裡,一把火點起來,黑煙直衝,足足燒了大半天，才燒乾淨。

天晚了，暮色寧靜地合攏來，龐居士感到異樣的滿足。他繞著前院後院走一圈，他喜歡自己的家，自己的大片產業，以及自己今天的善行。正在這時候，他聽到一個快活滑稽的聲音，唱著不成曲調的歌：

「喂喲——喂喲——我說牛兒啊——你再不好好走——我可要打下來了呀——」

「是誰在唱？」龐居士想不通那聲音為什麼那麼俏皮活潑，「這人日子一定過得很樂！」

「這是我們家的磨坊工人，叫羅和的，」行錢一面大叫了一聲，「羅和，阿爹要見你。」

小小的磨坊裡，大石磨不停地轉動，白粉粉的麩麵落了下來。

「你這樣哼著唱著，一定是心裡很快活吧？」

「阿爹呀！才不是呢！我每天一早起來就揀麥、簸麥、淘麥、曬麥、磨麥、打羅、洗麩……最後也只拿二分工錢，我累得要死，我這樣唱著，是提防自己睡著啊！」

奇怪，他這麼累，這麼勞動，可是那歌聽來分明愉快朗爽，那樣年輕鷹揚，又那樣無牽無掛，令人滿心喜悅。

可是，龐居士畢竟心軟，既然羅和這麼累，他也不忍心再叫他受苦了，他取了一錠銀子交給這年輕的磨坊工人：「孩子，你拿去做個小本生意吧，不要這麼累了，以後睡眠也可充足些！」

羅和歡天喜地地回到家裡，家裡因為一無長物，所以每天早晨他離開的時候，只用根草繩把門一拴，就走了。而回家，也只需把繩子一解就行了。但此刻他有了第一筆財產，他開始惴惴不安了。

他把銀子緊緊揣在懷裡去睡覺，沒想到夢見人來扒他的錢。他醒來，左思右想決定把銀子藏在爐灶的灰堆裡。立刻，他又夢見失火了。等他起身把銀子收藏在水缸裡，又夢見大水淹來了，最後他又起床把銀子埋在門限下的泥土裡，卻又夢見強盜來打劫，甚至還要殺他，他一驚而醒，天竟亮了。

這夜心驚膽戰，不曾好睡一刻，沒奈何，早上起來，下定決心把銀子還給龐居士，安心做個窮人。

「孩子啊！一錠銀子你就不能睡了，」龐居士忽然明白什麼是錢財和牽掛了，「那麼，我這有兩三倉庫金銀寶貝的人可該怎麼辦呢？也難怪我不會唱歌了！」

龐居士又在宅院裡看磨粉榨油的財務，不知不覺，他走到牛棚，忽然，他聽到驢在跟馬說話：

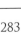

「馬哥，你為什麼會到這裡來呢？」

「我前生欠龐居士十五兩銀子，所以這一生變馬出力還他。你呢？」

「我欠他十兩，所以變驢拉磨還他，」忽然驢又轉過身去問另一隻牛，「你呢，牛哥？」

「我曾向龐居士借十兩銀子，連利息欠他二十兩，現在變牛來還他。」

龐居士一聽驚動得幾乎昏倒。

「天哪，我一心要行善，怎麼反而弄成這種結局了？讓別人變牛、變馬、變驢來償還我，我的一番好意，居然變成更無情、更慘傷的一種放債——我放的是來生債，可怕！金錢竟是這麼冷酷嗎？讓人今生來世都擺脫不了嗎？」

「行錢，你把所有的房契地契產業文書全一把火燒了吧！」

「你這是做什麼，」他的妻子急起來，「你燒借據，我由著你，不說話，可是現在你居然來燒房契地契了！天呀！我跟兒子鳳毛、女兒靈兆都還要活呢！」

「我們做財主，已經夠痛苦了，為什麼要留下錢來叫我們的孩子又去做財主，甚至讓孩子的孩子仍去做財主？」他堅持不肯改變主意，「妳想想小鳥妄圖霸住整個森林，其實牠真正能棲止的不過一個小枝子罷了；鼴鼠想要喝掉一條河，但是其實，牠也只能喝滿那個小肚子而已。為什麼我們這種只吃得下三升糧食的人，偏要貪心不足地占著萬頃良田呢？一天到晚把個算盤子兒撥來弄去，自己一輩子也就這樣撥撥弄弄給撥掉了——何苦呢？赦了自己吧！讓自己自由自在、簡簡單單地過日子吧！」

龐婆婆不知道為什麼最近丈夫想法整個改變了，她直覺地知道他很正常，只是，她總有幾分不甘心。

「解散所有的奴僕，給他們一人二十兩銀子。讓他們回家與父母團聚，各人去侍候自己的父母。我不要再過讓人侍候的日子了！」他大聲吩咐，「牛羊畜牲都放生到山中有水草的地方，家裡的金珠寶貝全堆上那一百隻小船，然後運到外海再堆到大船上，明天我把大船開到東海去沉船，讓所有的財寶都回到深海裡去。」

第二天，岸上站滿了驚奇的觀眾，在一陣狂風暴雨之後，海中的龍王收了那些金銀珠寶。

「我們以後怎麼生活呢？」

「妳放心，上天不會餓死一個勤懇的人，嘿，告訴妳個秘密，妳信不信，我會編笊籬（撈麵條用的竹器），編得還不壞呢！以後讓兒子去鹿門山外竹園砍竹，我來編，女兒去賣，我們要開始過一種跟以前完全不一樣的最簡單的生活。」

那以後，人們總看到這一家人過著勞動的、樸實的卻心安理得的日子。第一次，龐居士發現自己和全家也會唱歌了。兒子一面唱歌，一面砍竹，父親母親一面唱歌一面編竹，女兒一面唱歌一面賣笊籬，那真是一把用歌聲編成的笊籬呢！他們在賣的豈只是撈麵用的笊籬，他們是希望在這苦海般的世界裡，撈上幾個沉迷物慾的靈魂啊！

故事的結尾有點突兀，他們居然發現原來一家四人都是有來歷的神明，所以終於合家證果，同返天界。

當然，你可以不相信這一段結局，但是你必須相信，當他們全家一起同心協力靠勞力生活的時候，他們家裡幾乎像天界一樣快活呢！

張生煮海

元・李好古

作者李好古，元西平人或元東平人，官南臺御史，作劇三種，現僅存此一本。

東海之濱，石佛古寺，東南角上一個幽靜的書房裡，秀才張羽在焚香彈琴。夜漸漸涼了，古剎裡的老僧和小行者都睡了，琴聲像潮水一樣漲起來，慢慢的竟蓋過風聲，蓋過海濤的聲音，那樣溫柔地把宇宙包裹起來，像一張毯，包起嬰兒。

他也許不是最好的琴家，但他是一個年輕穎悟的男子，正和他的名字「羽」一樣，他是這個世界上無足輕重的人物。他空有滿腔的情感，找不到可以寄生的地方，他空負才學，不知何所歸託，所有熱切的溫柔的呼喊，此刻全都宣洩在琴聲中了。那琴聲似風濤、似月色、似山澗中激湍的水流……

忽然，嘣的一聲，琴絃斷了一根。

「啊！」他驚愕地停住，「是誰在偷聽我彈琴？」

根據傳說，如果有知音竊聽，那種心靈的互震，連琴弦都會斷裂。

張羽跑到門口，呆住了，竟然真有一個女子站在月光下，後面還跟著一個丫環。女子看到有人跑出，也嚇了一跳。

「她真美麗！」張羽想。

「啊，他的人和琴一樣出塵。」女子想。

在那安靜的一剎那，琴聲不存在、大海不存在、古剎不存在。這兩個人迷惑的互望，彼此覺得恍惚在什麼時候，也不知是幾世幾劫以前，他們是互相認識的。

「我姓龍，小字瓊蓮，偶然聽到琴聲，不覺聽呆了。」

「難得知音，進來坐坐吧！外面風露重，進來我再彈別的曲子給妳聽。」

及至坐定，張羽的話忽然多了：

「我是潮州人，從小父母都死了，我一向很孤寂。」

不知為什麼，面對著完全陌生的一個女子，他忽然想把自己半生的故事都告訴她。

「我跟寺裡的長老說好了，借一間安靜的房子讀書，長老倒是對我很看承——可是，讀書這種事，誰知道呢？我生平活到這麼大，唯一做過的事就是讀書，成天讀讀讀，但是，不管你讀了多少，考不取功名是不算數的。」

夜深了，他還在講，他很驚訝，為什麼初見面就如此急著把什麼都說出來。

「我也還沒結婚——」忽然，他住了口，奇怪，怎麼連這種事也告訴她。

她其實沒有說什麼話，只一逕用了解的、鼓勵的眼神望著他，聽他講下去，他忽然覺得她就像一具最好的古琴，她的每一根絃都是那樣敏銳有反應，都能發出無言而和諧的共鳴。

「我得回去了，太晚了。」女子站了起來。

「我怎麼能再看到妳呢？」

「八月十五，你到我家來，先拜見我的父母。」

「八月十五，那還要等很久啊！」

「『有情何怕隔年期』，你沒聽過這句話嗎？」

「妳家在哪裡？」

「就在滄海三千丈裡。」姓龍的女子說得很模糊。

「妳有什麼信物留給我呢？」

「這幅冰蠶絲織的鮫綃（ㄐㄧㄠ ㄕㄠ jiāo shāo）帕就送給你好了。」

女子說完，就匆匆走了，張羽幾乎不能相信這一切是真的，然而那清涼的芳香的鮫綃帕卻分明在他手裡。

張羽站在海邊，萬頃碧波中，到哪裡去找那女子呢？

留下琴和書給書僮，只帶一幅鮫綃帕，他就如此來赴這樣一個糊塗的約會。海岸邊岩岬萬千，哪裡有那女子呢？

忽然，他看到一位道姑模樣的女子。

「道姑，我可以跟妳問個路嗎？這裡究竟是哪裡？我跟一個叫龍瓊蓮的女子約好八月十五在海邊會面，妳知道她在哪裡嗎？」

「姓龍的，哎呀，你怎麼回事，姓龍叫瓊蓮的是海龍王的第三個女兒呀。你是個凡人，怎麼可能去攀這個親呢？」

「道姑怎麼知道的？」

「我也是個仙姑啊，我本來是秦代的宮女，由於採藥入山，漸漸不吃人間煙火，只吃山花野菓、仙藥，後來身體愈來愈輕，人家叫我『毛女』，我奉東華上仙的命令，勸你不可痴迷，早歸正道吧！」

「可是，這也不算我痴心妄想，妳看，她不單約了我八月十五來訪，還給了我一條鮫鮹帕呢。」

「嗯，看來那龍女是對你有意的，可是，她父親龍王的脾氣卻很暴躁呢！」

「怎麼辦呢？他一定不答應讓龍女和我這個凡夫俗子來往的。」張羽痛苦地望著眼前無邊無際兇惡的波濤，跌足嘆氣。

「既然你這樣真心，」仙姑在小籃子裡掏摸了一陣，「我借給你三件法寶。」

張羽湊過頭去看，只看到一口銀鍋，一把鐵杓，一枚小小的金錢，都是些不顯眼的東西。

「這三樣東西有什麼用？」

「我教你，你用鐵杓舀點海水放在鍋子裡，錢呢，就放在鍋底。然後你生堆野火來燒。鍋裡的水燒乾一分，海裡的水就少掉十丈；鍋裡的水燒掉一寸，海水就下降百丈；要是鍋裡水燒乾了，海也就枯了，你等著吧，那海龍王自己會來找你的。」

石佛寺裡的小行者和張羽的書僮，兩個人越想越不放心張羽的行徑，一起趕到海邊來找他。及至聽說了「寶物」的事，三個人很興頭地架起一個石頭堆成的爐子，舀了一杓海水，高高興興煮起來了。

水滾了。

他們跑到海邊去看，只見海水也正沸沸揚揚。

正在這時候，石佛寺的長老急忙慌張地跑來了。

「你在幹什麼？」

「我在煮海水玩呢！」

「煮海水做什麼？」

「龍女瓊蓮約我八月十五來此相見，可是，現在龍王不放她出來了，我煮海她一定會出來。」

「停、停、停，不能再煮了。」長老叫道，「龍王剛才已經託人找我，要我做個媒人，你熄了火吧！」

「好。」張羽果真熄了火，「可是，我怎麼敢到海裡去呢？」

「你跟著我就是了！」

「海裡是不是一片昏黑嗎？」張羽有點惴惴然地問。

「別胡說，你忘了太陽每天都是從海裡蹦出來的，海裡面才光明呢！」

水晶宮裡大張筵席，東海龍王嫁女的場面怎可不隆重？

瓊蓮帶著張羽走來走去觀看，珍珠珊瑚，在這裡都像尋常泥土一樣，蛟虬是參從，鼉是將軍，鼇是相公，鼉（ㄊㄨㄛˊ tuó）是先鋒，另外還有些魚夫人、蝦侍妾、龜老頭，至於螃蟹、蚌殼則是宮中的奴僕。

「唉，」龍王望著嬌縱的女兒，「妳也太大膽了，妳自己跑到哪裡去認識這麼一位秀才的？」

「他彈的琴好聽嘛！」

「你這秀才，」龍王轉臉看他，一付對頑皮小孩無可奈何的樣子，「你哪裡弄來的法寶，這海水也能讓你煮著玩嗎？」

「是個仙姑給我的。」

「我看哪，」龍王又好笑又好氣，「做父母也真難搞，誰家要是有長大的兒女，恐怕遲早都會攪得鬧鬧湯湯，像一鍋滾水似的。」

「不，你弄錯了。」

一位奇異的客人出現了，他是東華仙。

「龍神，這瓊蓮不是你女兒，她只是養在你膝前讓你白高興這些年，那張羽也不是你女婿，你猜這兩個冤家是誰？他們是王母娘娘瑤池上的金童玉女啊！」

所有的賓客，包括張羽和瓊蓮自己在內，都嚇了一跳。

「只為他們一念思凡，被謫罰下界，他們如今也不該在海裡，也不該在地上，他們還是要歸回仙位去的啊！」

這樣漂亮一對璧人，這樣調皮搗蛋的好像永遠長不大的孩子，龍王依依地望著他們，說不出話來。

直到現在，你還可以看見海水總是在某一個地方和天空相銜接，那海天交界之處，又總是繽紛著靉靉的紅雲，那紅雲也許正是天上灼灼的蟠桃花吧？那金童玉女會不會走出桃花林，回顧一下他們一度流連的龍宮呢？如果我們凝神細看，說不定我們會找到答案。

藍采和

元・佚名

作者佚名，此劇因涉及伶人生活，常受研究戲劇史者注意。

神仙漢鍾離輕輕地撕開一角白雲，俯看紛擾的紅塵中的人群。

「呂洞賓，」他回首叫住另一個神仙，「你看見那道青氣嗎？」

「看到了，一直衝到九霄之上來了呢！」

「你仔細看，那是洛陽城裡衝上來的，你看到沒有，在梁園的戲棚裡有一個伶人許堅，樂名（註：樂名即藝名）叫藍采和的，青氣就是從他身上衝出來的！」

「奇怪，洛陽城裡成千上萬的人，就只有他有神仙之分。」

「是的，可惜他自己並不知道，」漢鍾離嘆了一口氣，「好吧，我親自去走一遭，把他引度回來。」

藍采和已上好了裝。一雙眉毛高高地吊起，已經是近六十歲的人了，但站在舞台上眼角餘光一掃，仍能風靡全場。

招貼已經貼出去了，不知今晚有多少人來看戲，整個劇團有二十幾口人要吃飯，老婆、孩子，加上媳婦、表弟，一大家子擂鼓的擂鼓、打鑼的打鑼，必要的時候個個都得上場。在洛陽城裡，藍采和是叫得很響的名字。他找最好的編劇，用最嚴格的方法訓練子弟。二十年了，夜夜在舞台上，演那些演不完的生老病死、離合悲歡……究竟是勾欄（按：元人稱劇場為勾欄）像人生，還是人生像勾欄呢？

「大哥，有件怪事，」表弟王把色和李薄頭跑來，「一個奇怪的道士，坐在婦女作排場的樂床上，賴著不肯走，我們叫他到觀眾席上去，他不肯，還說要見你。」

快六十歲了，藍采和什麼樣的人沒見過，他匆匆跑去見那個難纏的道士。

道士顯然是來攪局的，藍采想討好他，順著他的意思唱幾場文戲，他又偏說武戲好看；真要演武戲他又點來點去點不中意，場上鑼鼓空響了半天，眼看今天晚上作不成場了，連好脾氣的藍采和也氣得罵了出來：

「哼，我看你也不是什麼有道行的師父，大概是什麼雲遊野道士，河裡洗臉，窰裡住，沒見過世面，一輩子也沒進過勾欄，所以一點規矩也不懂。」

「咦？」道士反脣相譏，「你又是什麼有名的戲子？我遊遍天下也沒見過你！」

「嘿嘿，難道你是神仙？是廣成子？是漢鍾離？看你穿得這麼邋遢……」

「你神氣？你也不過演些假鳳虛凰的東西，騙人家的錢罷了！」

「騙錢？我好好地為人消閒散悶，賺錢是應該的，何況像你這種連『被騙錢』的資格也沒有呢，做道士的只好沿街化緣，誰曾見和尚道士來看戲的？」

「你想想，你為什麼要做戲，還不是為了養家活口？手下二十幾個人，不由得你不演，這樣演了戲吃飯，吃了飯演戲，這種日子有什麼好？還不如跟我出家了吧！出家的好處說不完哩！」

「出家？哈哈，我瘋了不成？誰要跟你出家，我目前正是紅得發紫，要吃，有珍饈百味；要穿，有綾錦千箱。出了家跟你挖野菜吃？揀爛布穿？到茶樓酒館去化緣，吃人家歌女娼妓吃剩的半碗麵條？呸，你這瘋子，你害得我們今天戲唱不成，你滾吧！」

「我偏不走！」

「好，你不走，」藍采和轉身走了，「王把色！去把那不講理的瘋子鎖在裡面，他不走，就讓他待在裡面，弄得我脾氣來了，鎖他十天，看他死不死？」

場上的鑼鼓一時都歇了，空空的勾欄顯得有幾分淒涼，藍采和怒氣沖沖地往外走，可是，忽然，他心裡難受起來，明天是自己的生日，生命也有一天說散戲就散戲了吧！他莫名其妙地惆悵了。

猛回頭，只見門鎖已脫，那道士早已不見了影子。

祥雲繚繞的壽星圖掛在牆上，酒香瀰漫了一室，洛陽城裡大大小小的戲子都來了。敬酒的敬酒、唱曲的唱曲，滿屋子裡全是聰明漂亮而又熱絡的人物，醞釀出一種又喧騰又親切的氣氛。

「哇——哇——哇！」

忽然，大家都停止了笑語歡言，門外傳來清晰犀利有如刀削一般的三聲大哭。

賀壽的人一時面面相覷，正在大家還沒有來得及反應的時候，忽然又傳來三聲嘆息：

「唉——唉——唉！」

所有的人一時都變了色，那聲音空洞哀感，震得人覺得自己像一棵在風中落盡千葉的白楊樹。

「王把色，你去看看怎麼回事？」

「管他的，哥哥，咱們繼續喝酒！」

可是藍采和喝不下去了。他急急地跑去開門。

「原來又是你。」

「是的，我又來了。」道士瘋瘋癲癲地笑著。

「算了，算了，我也不跟你計較，我今天過生日，是壽星，不想鬧出是非。」

「嘿，嘿，現在是壽星沒錯，你怎麼知道待會兒不是災星呢？」

「你憑什麼來說這種不吉利的話？」藍采和漸漸感到自己的忍耐要到頭了。

「咦？不過一句話罷了，又沒傷你的皮肉。」

「你滾，你滾，你去化緣，去弄些湯飯把自己肚皮撐飽是正經，少在我這裡討罵挨……」

大家合力鬥上門，重新舉杯，一時只見觥籌交錯，屋子裡重新喧囂著酒令和笑話。

可是藍采和不知為什麼心上悶悶的，錯覺裡他一直聽到那三聲啼哭和三聲嘆息，從小扮戲到現在，他從來沒有聽到哪一個戲子可以把人世的辛酸、空虛和悲涼表現得這麼徹底……

「開門！開門！」又是一陣急促的拍門聲，聲音極不禮貌，「藍采和官身，快點！快點！」（註：官身係當時的不合理現象，即藝人有時必須應官府之召，前去唱戲。）

「誰？」

「大人要你官身！」

「我今天過生日，賀客盈門，做主人的自己跑了怎麼像話，叫王把色去好了！」

「不行！」

「李薄頭好不好？」

「不要！」

「我找些旦角去可以吧？」

「不要囉嗦，大人指名要你。」

「唉，算了，算了，我今天哪來的霉運，一口酒也喝不成，我去就是了！」

遠遠的，他看到高大華麗的官廳，州官穿著鑲金繡銀的衣服坐在上方，整個大廳看來如此堂皇嚇人，如此虛渺而不真實，像一場夢境。

「藍采和，你好大膽！」

他不由自主地跪下去。

「你傲慢自大，失誤官身，你眼裡還有我這個州官嗎？給我拖下去，打四十大板！」

他驚惶四顧，人生，怎麼會是這樣的，剛才還有人來向他拜壽，剛才還有乖巧的晚輩尊稱他為當今的梨園領袖，怎麼一下子就天地變色了。四十板？四十板打下來，不死也要落個殘廢，他想到戲台上那些動刑的場面，怎麼會料到有一天假戲成真。

「世事無常雲千變，你道是壽星，我道是災星，壽星災星弄不清……」

那熟悉的聲音又出現了，藍采和一抬頭，這是他第三次看見那道人。

「師父，救我！」

「我救了你，你就要跟我出家！」

「好！」藍采和一咬牙，答應了。

師父上去和州官說了，州官點了頭：

「好，既然是師父要收你去做徒弟，我就饒了你，你跟了師父去吧！」

藍采和站起來，弄不清是虛是真，人生竟比扮戲還情節迭起啊。

「師父，」他跟在那個髒道人後面，「我那天就覺得蹊蹺，怎麼我鎖上門，你卻不見了。」

「嘿，嘿，那算什麼，看得見鎖的地方未必鎖得住人，看不見鎖的地方未必是自由的，金枷玉鎖、名韁利鎖才是真鎖哩，藍采和，你回頭看看官廳在哪裡？」

暮色中，他猛一回頭，不禁倒抽一口冷氣，曠野中哪來的玉階碧瓦，哪來的飛簷畫壁？不過是一片荒煙蔓草罷了。

「師父，恕弟子愚眉肉眼，不識高低，師父究竟是誰？」

「我是漢鍾離。」

「那州官呢？」

「是呂洞賓。」

「師父，那，我又是誰呢？」

「你是藍采和，洛陽城的千萬人裡，獨有你有成仙之分，可是現在還不行，等你修行圓滿，才能同赴閬苑瑤池。」

藍采和跟著師父，頭也不回地一路走了。

一個響噹噹的名角就如此消失了，洛陽城裡到處在傳著他的故事。有人說，他的妻子曾試圖攔住他，要跟他一起去求仙，但他拒絕了，他說：

「成仙這種事是有機緣的，夫不能度妻，父不能度子，各人只能自己成道。」

有人說，曾在市井間看見他唱一首〈青天曲〉，舞一闋〈踏踏歌〉，那歌詞舞姿都很怪異，看過的人一直記得：

踏踏歌

藍采和

人生得幾何

紅顏三春樹

流光一擲梭
埋的埋
拖的拖
……
遇飲酒時須飲酒
得磨跎處且磨跎
……
但只開口笑呵呵
何必終日貪名利
不管人生有幾何，有幾何
……

三十年過去了，洛陽城裡，梁園棚內，仍然鑼鼓喧天。

老一輩的或七十、或八十九十了，他們正坐在戲台一角，擂鼓敲鑼。而場子上的生旦淨末丑全換了人了，當年的孩子如今挑了大梁，勾欄是永恆的，一代去了，一代又來。當年拖著鼻涕在大人腿縫裡鑽來鑽去的小觀眾，現在正大模大樣地坐在前排看戲了。而一切人間的悲哀歡樂和無奈的情節，仍在場子上一場一場重複扮演著……

「今天，你已經功成行滿了，」漢鍾離說：「我們同赴瑤池閬苑吧！」

他們一起往前走。

忽然，藍采和停住了腳，他聽到鑼鼓和琵琶的聲音，這種脈搏和心跳一樣熟悉的節奏啊，他的兩眼微微濕了。奇怪，師父說今天已經功成行滿了，但是，為什麼一聽到那喧譁的鑼鼓聲，仍然忍不住內心的激動。忘不了唱苦戲時滿園的唏噓和眼淚，忘不了觀眾在唱腔響遏行雲之際高聲地叫「好——」，忘不了戲散人盡之後緩緩收拾砌末（註：砌末即道具）時，那一絲絲微澀的甜蜜……

「你們是哪個班子的？」他忍不住跑過去問。

「我們是藍采和的班子——藍采和求道去了，我們留下來做戲。」

「你們是藍采和的什麼人？」

「我們是他兄弟，那個是他妻子。」

「你們怎麼都這麼老？」

「嫂嫂九十，我八十，另外那個弟弟七十……這位師父，你怎麼稱呼？」

「我就是藍采和啊！」

「藍采和？他走了三十年也該快九十了啊，怎麼你看來這麼年輕？」

「三十年？沒有，我才出去修行三年啊！」

「是你？」他的妻子慢慢策杖走過來，「藍采和？」

整個劇團的人都圍攏來。有的人臉上塗了一半油彩，有人背上紮了一大排令旗，有的人正在把眼角吊起……

「喜千金！」他叫起妻子的藝名。

望著對方的衰颯的容顏，稀疏的白髮，他懷疑了，究竟彼此一別是三年，還是三十年？

「哥哥，你三十年來一點也沒變老，嗯，好像反而更年輕了，哥哥乾脆再來扮戲嘛！」

「哥哥還可以扮小生呢，哥哥的扮相一定好！」

「看戲的人都還記得你，你再回來嘛！」

「不管唱腔，不管身段，洛陽城裡三十年來還沒出個比哥哥當年出色的！」

「你當年的戲服還在，別去做神仙了，換了衣服，我們再來串一場戲吧！」

聽到衣服，他的心動了，當年挖空心思做的那些衣服，演武戲小尉遲的那件多緊俏，演韓愈「雪擁藍關馬不前」那件多落拓……笛聲揚起，一陣緊似一陣，啊，勾欄，生老病死、悲歡離合，永恆的勾欄，忽然，他伸手去揭帳幔，想要找一件三十年前的戲服。

帳幔拉開，一件衣服也沒有，只見裡面坐著師父漢鍾離。他在愕然中垂下了手。

「許堅，」師父笑了，「你還留下這一點點塵緣，這一點點凡心，現在好了，一切都到此結束了，你可以跟我走了。你原來是八仙裡的藍采和，現在是該你回去的時候了——」

他點點頭，感到身子逐漸輕起來、飄起來、升起來，紅塵漸遠，白雲拂面，只是在茫茫無際的圜宇中若有若無的，他仍然聽見，那像胎動一樣溫柔而強大的聲音「咚咚咚嗆嗆——咚咚嗆——咚嗆咚咚嗆——……」

十、以娼妓為主角的劇

灰闌記

度柳翠

灰闌記

元・李行道

作者李行道，亦作行甫，元絳州（今山西絳縣）人，賈仲明謂「絳州高隱李公潛，養素讀書門鎮掩。青山綠水白雲占，淨紅塵、無半點纖，小書樓、插架牙籤。研珠露、《周易》點……」可見是一個隱居的高人。

《灰闌記》於一八三二年為法國學者裘利安譯成法文，在倫敦出版。一八七六年方塞卡又將之譯為德文，一九二五年克拉朋改編的《灰闌記》在德國上演。而一九四四布雷希特（史詩派劇場的大師）又根據此劇的靈感寫了《高加索灰闌記》，此劇如此被歐洲歡迎，也是始料不及的事。

「海棠就交給你了，」張老太太對馬員外說，「我們原本也是好人家，七代科第，沒想到她父親早死，哥哥又不爭氣，這幾年全仗著海棠做這見不得人的行業來圖個衣食，也是沒奈何，現在好了，海棠能嫁你做妾也是她的造化，只是，大奶奶那邊，恐怕受氣……」

「這個大娘放心，不會的，」馬員外放下白金百兩，他是個好脾氣的財主，「海棠嫁過來，姐妹相稱，不分大小。」

海棠抬著頭走出了家門，她心裡充滿了對好日子的無限嚮往。

海棠生了個男孩，這天是他的五歲生日，馬員外、大奶奶帶著他到廟裡去燒香。有人在門口叫她的名字，海棠一看，原來是她的哥哥張林。多年前他賭氣出家門，就沒有回來過，那時候，他一直是靠海棠吃飯，卻又一直看不起海棠，自己又無所事事。

「你是回來給娘做七的？還是給娘選墓的？」

海棠想起這位母死不歸的哥哥，忍不住怒氣滿腔。

「娘死了，我知道。」張林自知理虧，「我現在來，是找妳來接濟點本錢……」

「我做人家的小妾，哪來的錢？」

「妳戴的首飾總行吧？」

「首飾是員外和姐姐賞的，現在剝下，他們問起來怎麼說？」

張林聽說沒錢就大發脾氣，海棠不管他，逕自進屋去了。他賴在門外不走，剛好馬大奶奶回來，彼此問明白了身分。

「海棠，怎麼妳哥哥來妳也不理他？」

「他跟我要首飾，可是，我說這首飾是員外和姐姐賞給我戴的。」

「哎呀，何必那麼多心，給妳的就是妳的了，妳愛給誰就給誰。」

「真的嗎？」海棠不勝驚喜，立刻退下首飾。

「交給我，我給妳拿去——怎麼，妳也要跟去？怕我吞了妳的？」

「不，不。」海棠停住了腳。

「妳那妹妹真不是東西，」馬大奶奶走到門口來，立刻換了一副嘴臉，「我說首飾給了妳，就是妳的，妳送給哥哥無妨，她卻嚇得像是別人要挖她肉似的，我看著過意不去，只好把我娘家陪嫁的首飾拿來了，喏，這些給你。」

張林千恩萬謝地走了，心裡更恨海棠了。

「怎麼回事？」馬員外回來，發現海棠的首飾摘盡了。

「哎呀，你不問我還不好說哪！」馬大奶奶叫起來，「海棠嫌你老，另外養著個奸夫，趁我們今天去燒香，她把奸夫弄來，又把首飾都給了那人，剛好我早回來了一步，讓我撞上了，那奸夫嚇跑啦……」

「啊！有這種事。」馬員外氣得發昏，立刻動手打海棠，「到底妓女就是妓女！」

海棠才忽然認清馬大奶奶的嘴臉，她想解釋，可是愈解釋愈說不清。

「員外，你別生氣啊。」馬大奶奶假意溫柔，「氣壞了自己的身子划不來，這賤人值什麼？打死她也就算了。」

「我難受極了，」馬員外禁不得一番折騰，「給我一碗熱湯！」

海棠立刻到廚房去煮湯，她雖然挨了打，但想到曾經恩愛的男人被一場誤會氣成這樣，倒也心軟了，反而心甘情願去煮湯。

「鹽不夠，再去拿點鹽來。」馬大奶奶嘗了湯，又支使海棠跑一趟廚房。

正在這個時候，馬大奶奶放了把毒藥在湯裡。

「哈，哈。」她心裡暗自得意，「真是一舉三得，一來，藥死這老鬼；二來，可以嫁禍海棠；三來嘛，可以占了家產，跟我那相好趙令史天長日久地過日子了。我多年來的夢想就快達成了。」

果真，員外喝了那湯就昏昏沉沉地死了！

「海棠聽著，」馬大奶奶撒起潑來，「我好好的一個丈夫給妳藥死了，妳要官休還是私休？——官休呢，就是帶著去問個謀殺親夫之罪斬了。私休呢，妳就空著手走出這家門，連兒子也不許帶。」

「只要讓我帶走兒子，我什麼都不要！」

「不行。」

「那我寧可跟妳去見官！」海棠勇敢地作了決定。

私下裡，趙令史不以為然：

「何必呢？弄個別人的小鬼來幹嘛？」

「這你才不懂！」馬大奶奶惡毒地說，「孩子在她手上，免不了將來孩子長大後，會回來討我們馬家的財產。」

「可是接生婆、剃胎毛的，還有街坊鄰居，大家都知道這孩子是海棠生的，這樣太冒險了！」

「哼，黑眼珠見了白銀子，誰會不要？」

開庭的日子到了，鄭州太守蘇順是個唯利是圖的人，自己又糊塗，凡事都問手下趙令史。另一方面，大家都收了銀子，證人也都偏向馬大奶奶，海棠在重刑之下只得承認自己謀殺親夫。

兩個解子押著海棠，在大風雪中到開封府去定案。

「哥哥！」走到途中，海棠忽然看見張林，忍不住大叫出來，原來張林用那筆首飾去典賣，買下了一個小小的官職。

「妳是誰？」

「我是海棠。」

「妳還有臉找我，那一天我去找妳，妳怎麼打發我的？」

「我弄到今天，全是因為你起的頭啊！」海棠扯住哥哥的衣服不放，嗚嗚咽咽地解釋她的冤情。

「什麼！那些首飾是妳的嗎？我還當是大奶奶的呢！」張林畢竟心軟了，答應幫助妹妹。

而開封府的主審是包待制（包公），他是一個公正清明的法官，他一看卷宗就起了懷疑。

「這小妾由於奸情而謀殺親夫倒可以說得通，但又拚命去搶孩子卻是為了什麼？何況奸夫又是誰呢？這案子問得糊塗。」

及至升了庭，包公心裡又增加了幾分了解，於是，他叫人拿石灰來，在地上撒成一個圓圈。

包公說：

「我有個辦法：讓小孩站在這石灰圈中間，馬家大奶奶和小妾海棠，一人一邊拉著孩子，看看誰能把孩子拉出這個灰闌外，我就判誰是他的親娘。」

孩子像一根拔河用的繩子，兩個女人用力拉他，忽然，馬大奶奶死命一扯，孩子踉踉蹌蹌地被扯到灰闌外邊去了。

包公大聲叱責：

「海棠，妳撒謊，妳看，孩子是大奶奶生的，把海棠拉出去打！」

海棠含淚挨了一頓打。

「現在，」包大人說，「再來一次。」

這一次，贏的仍是大奶奶。

「海棠，妳怎麼說？」

「大人，您再打我吧！我怎麼忍心拉孩子的膀子呢？他那麼小，他的膀臂那麼細弱，他是我懷胎十月的命根子，三年哺乳，千辛萬苦……我怎麼忍心拉傷他啊！」海棠愈說愈哽咽……

其實，灰闌本來就是包公設計來觀察兩個婦人的，現在，他知道誰是母親了。案情急轉直下，姦夫趙令史為了推罪，把一切事情都招了，這一來，貪官、罪犯、偽證人都得到嚴厲的處罰。

海棠拉起孩子的手，她再也不會失去他了，同樣不會失去的是她的清白、她的尊嚴以及她的產業。

度柳翠

元・佚名

作者佚名，此類劇中人物在民間慶典中仍甚流行，稍加注意即可發現戴面罩的「大頭和尚」和扭怩的「柳翠」，至今仍為宗教節目化妝遊行中極受觀眾側目的人物。

在江南，在杭州，在笙歌最繁華的地方，有一條街叫抱鑒營街，那裡住著一個聰明美貌而且善歌的女孩，叫柳翠。

十年前，柳翠的父親死了，為了撫養母親，她做了妓女。十年過去了，母親打算要為亡父做一場法事，跟柳翠常往來的牛員外送了一千貫錢做經錢，他們到廟裡去接洽和尚，一切籌備好了，只等著做法事了。

「哎呀，師父，」行者（註：行者指男子有志出家而依住僧寺者，階級較低）叫起來，「剛才柳大娘說十周年要十個和尚，我算來算去，我們只湊得出九個啊！」

「這可怎麼好？」

「啊，我想起來了，廚房裡有個髒兮兮的瘋和尚。」

「他？他不成的！」

「有什麼不成，也不是要他念經，只要他混在裡面充充數就是了。」

行者走到廚房裡，只見那瘋和尚吃肉喝酒，爛醉在那裡，身上還背個銅鑼似的東西。

「這是什麼玩意呀，像烙餅的鍋子，你又不賣餅。」行者說著，一拳打去。

「別打，別打，你會打破月亮，打壞廣寒宮的。」

「唉，你這瘋子說些什麼瘋話，」行者搖頭，「你又吃肉又喝酒，真是濫僧。」

「什麼？誰是真僧誰是濫僧？」

「我是真僧，」行者得意地說，「你是濫僧。」

「什麼？我沒聽清楚。」

「你是真僧，我是濫僧——哎呀，我說什麼，我好像說反啦！」

行者又急又氣。

不過，由於聽說有酒有肉，瘋和尚倒也答應了法事。

大廳上長老已經唱起〈西方讚〉，和尚卻只到了九個，柳翠急得到門口守候。早晨天氣好好的，此刻卻下起雨來。忽然，一個人摔倒在柳家大門前，柳翠正要去扶，一看，竟是個和尚。

「即使是和尚，走到我家門口也不免『失足』，甚至跌破頭呢！」柳翠一語雙關地朝他笑著。

「是啊，妳知道為什麼天堂門庭冷落生起荊棘來了，就是因為地獄門口滑如油啊！」和尚反譏道。

柳翠一笑，仍然把他扶了起來。

「我本來要來度脫妳的，沒想到卻讓妳接引我了（接引指接引西方，佛教用語，乃指接引人上路之意）。」

「師父哪裡來？」

「我來處來。」

「如今哪裡去？」

「我去處去。」

「師父法號？」

「我月明和尚。」

大廳上長老一面搖動著法器，一面喃喃念著像催眠曲一般低沉重複的真言：

「解結解結解寃結……解了杭州施主老柳前生今世的寃和業……」

月明和尚走了進去，原來他就是遲到的第十名瘋和尚，他不規規矩矩去念經，倒來纏著柳翠。

「生命無常，跟我出家吧！」

「才不呢，」柳翠想起自己的錦衣玉食，「我還年輕——」

「年輕？柳姑娘，妳可曾見過四季嫩黃的柳？」

「至少，現在，我是柳陌上最嬌柔的一株。」柳翠驕傲地說。

「妳知道妳是誰嗎？」

「我是誰？」

「妳是天生羅漢身！」

「我聽不懂你的謎語！」

「唉，妳這柳啊，真是一個木頭。」

「這世間是靠花柳點綴的呀，就連你那明月，也要有柳才顯得精神。」

「月亮，也給了柳光彩，」和尚說，「而且柳絮會墮落塵泥，明月呢？它卻是『我則去那萬花叢裡過，常是片葉不沾身』，出家去吧！」

「幹我們這行的不趁年輕圖點錢，還等什麼時候！」

柳翠的母親在一旁聽了，也慌忙責備和尚，剛好佛事也做完了，眾和尚都回去了。

可是，從那次見面之後，柳翠總是夢見和尚，連在睡夢裡他那番叮嚀也反覆出現。

這一天，他又來了。

「柳翠啊！出家吧！」

「你到底是誰？」

「我告訴妳了，我是月明和尚。」

「你是月明，昨夜八月十五，你不來，今天八月十六，你偏來，原來『月亮過了十五仍舊是圓月』啊！」

「嗯，妳這小鬼懂得點禪意了，我們人類才去分什麼十五、十六，月亮自己並無十五、十六的分別啊！」

「師父，我天天想躲你，怎麼躲不過？」柳翠和月明來到一家茶館裡談天。

「嗯，妳躲不過我，我看妳還是發心修行跳出生死吧！」

「本無生死，談什麼跳出！」

「茶房，」月明和尚有些不講理，「你拿把剪刀，我來給柳翠剃度出家吧！」

「不，我不出家！」

柳翠被他纏得煩了，假裝打盹，不料倒真的睡著了，夢見牛頭鬼力來抓她。她在夢中哭求月明相救，但閻羅王仍然定她死罪，鬼力一刀砍下來——

她醒來。

「這是哪裡？」

「這是我們剛才坐的茶館。」

「現在是什麼時候了？」

「現在是中午。」

「怎麼這麼一剎那，我以為我死了——醒來卻是活的，而現在我以為我是活的——卻又是必死的，生死原來都是一場幻情啊！」

「花開花謝，只有土地長存；雲來雲去，只有虛空常在！」

「我懂了，」柳翠說，「師父，我跟你出家就是！」

柳翠跟著月明和尚出家去了，過了好一陣子，她告訴母親要帶師父回家吃飯，那天時間還早，柳翠侍候師父在飯廳休息。

柳翠和師父玩雙陸，師父故意問：

「那兩塊骨頭是什麼？」

「那是骨做的，可是不叫骨頭，叫色（骰）子，用來擲點數的。」

「唔，人，也是一把枯骸骨啊，這骨頭一旦上面有了汙『點』，有了『色』，就只好成天由人來拋擲了！」

柳翠聽了，如同被人澆了一頭冰水，登時了解自己在繁華背後的淒涼，師父叫人把雙陸撤了。

柳翠又請人拿一種充氣的球來消遣，師父看了，又說：

「柳翠，這球也是妳啊，妳也是一個皮囊包著些地水火風（註：印度哲學以宇宙由地水火風四大原素構成）而在遊戲場上，玩妳的人把妳踢來踹去，等他們玩夠了，就把妳丟在網裡，妳不見『實心』（註：因為球是空心的）只聽一片『拋擲』聲，而有一天，皮囊破了，妳也就什麼都沒有了。」

柳翠只覺句句如槌，槌著她的心。

「把我那些漂亮的應酬衣服全燒了吧！」柳翠咬咬牙，作了進一步誓不回頭的決定。一把火她把自己的舊日往事一起燒了。

師父帶著柳翠一路走到河邊。

「師父，船上沒有擺渡的稍公。」

「我們自己『渡』自己吧！」師父一語雙關地說。

月明和尚要升堂說法了，眾和尚都沒有料到那個瘋言瘋語，成天在灶下燒火的骯髒和尚會是個有道行的和尚，由於好奇，來的人還真不少。

「大丈夫，有決烈志氣，慷慨英靈，……歸家穩坐，上不見有聖賢，下不見有凡愚，外不見有是非，內不見有自己，淨裸裸，赤潑潑，一念不生……」

說完了法，由各人出言問禪，眾人一一問了，各得答案而去，柳翠也手執一把團扇來問：

「柔柔軟軟一團嬌，曾伴行人宿幾宵。」柳翠說。

「妳那徹骨清涼誰不愛，」月明和尚接著說，「若不是我啊，這人搖了那人搖。」

說法完了，柳翠去托缽化緣，月明和尚去歇息，柳翠回來，問長老師父如何？

「他休息了，不過，他交代，等妳回來，要唱柳永的詞〈雨霖鈴〉裡的兩句『今宵酒醒何處，楊柳岸，曉風殘月』，他就會醒來。」

柳翠依言唱了，月明和尚果真醒來，奇怪的是，那首歌，原是歡場中慣唱的，今天唱了，卻只覺一片清涼，彷彿一片冰心，柳翠忽然了悟，她一生的宿醉也該醒了。

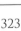

「柳翠，」師父說，「該是我們同登大道的時候了。」

正在這時候，牛員外趕來，仍想挽回這一度打得火熱的姻緣，他用一首詩挑逗柳翠，柳翠也用一首詩回絕了，旁觀的月明唱起一首歌來：

如同花上露珠
如同水中浮泡
人生能有幾度沉浮呢
去去來來光陰何速
讓我們在生死鄉中爭得自由

一朵祥雲過來，把柳翠和柳翠的引度師父月明和尚升上天去。

「柳翠不是凡人，」神明說，「她是觀音淨瓶中的柳枝，因為染了微塵，所以罰往人世，而燒火和尚是第十六尊羅漢『月明尊者』，怕柳翠迷失本性，特去點化她。」

下界的人聽了很驚奇，原來廚灶下也可能隱藏一位神明，而妓院裡也可能有個一度惹了塵埃而回頭是岸的淨瓶柳枝。

中國歷代經典寶庫⑰

戲曲故事——看古人扮戲

編撰者—張曉風
編輯—康逸藍
責任企劃—洪小偉、楊齡媛
校對—張淑芬
總編輯—余宜芳
董事長—趙政岷
出版者—時報文化出版企業股份有限公司
108019台北市和平西路三段二四〇號三樓
發行專線—（〇二）二三〇六—六八四二
讀者服務專線—〇八〇〇—二三一—七〇五
（〇二）二三〇四—七一〇三
讀者服務傳真—（〇二）二三〇四—六八五八
郵撥—一九三四四七二四時報文化出版公司
信箱—一〇八九九臺北華江橋郵局第九九信箱
時報悅讀網—http://www.readingtimes.com.tw
法律顧問—理律法律事務所 陳長文律師、李念祖律師
印刷—勁達印刷有限公司
五版一刷—二〇一二年五月十八日
五版三刷—二〇二三年六月十六日
定價—新台幣二百五十元

時報文化出版公司成立於一九七五年，
並於一九九九年股票上櫃公開發行，於二〇〇八年脫離中時集團非屬旺中，
以「尊重智慧與創意的文化事業」為信念。

戲曲故事：看古人扮戲 / 張曉風編撰. -- 五版. -- 臺北市：時報文化,
2012.05
面； 公分. --（中國歷代經典寶庫；17）

ISBN 978-957-13-5539-9（平裝）

853.5 101003189

ISBN 978-957-13-5539-9
Printed in Taiwan